LOCUS

LOCUS

LOCUS

LOCUS

catch

catch your eyes ; catch your heart ; catch your mind……

catch 65 空姐飛行不思議

作者：施吟宜

英文翻譯：Vitas Raskevicius

責任編輯：葉亭君

美術編輯：謝富智

法律顧問：全理法律事務所董安丹律師

出版者：大塊文化出版股份有限公司

台北市105南京東路四段25號11樓

www.locuspublishing.com

讀者服務專線：0800-006689

TEL：(02) 87123898　　FAX：(02) 87123897

郵撥帳號：18955675　戶名：大塊文化出版股份有限公司

總經銷：大和書報圖書股份有限公司

地址：台北縣五股工業區五工五路2號

TEL：(02) 89902588 (代表號)

FAX：(02) 22901658

製版：瑞豐實業股份有限公司

初版一刷：2003年12月

初版三刷：2004年10月

定價：新台幣220元

ISBN986-7600-23-1

Printed in Taiwan

空姐飛行不思議

Always High Season

施吟宜・著

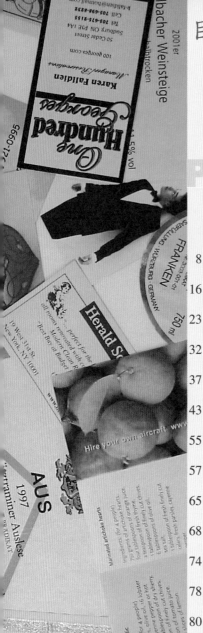

目錄

Part.1

環球漫遊記
Jaunts

和朋友分享的航空包裹
Crazy About Shopping

Part.3

還想當空姐嗎?
Do You Still Want to be a Flight Attendant?

Part 1

環球漫遊記

Jaunts

好玩又近的巴里島
Bali

　　前陣子自己去了一趟巴里島。

　　幾年前，我們公司還有飛巴里島的航線，所以那時前前後後我也去了不下數十次；但99年開始，便由新加坡基地的空服員取代我們飛這個航線。好幾年沒去，倒是有些想念。

　　自己專程去渡假，畢竟跟上班出差順便一逛不一樣，少了壓力比較能盡情玩樂。比如這次去，租機車從Kuta區騎一個半鐘頭到Ubud區再騎回來，我以前工作出勤來巴里島可從來不敢，一來怕出車禍，二來怕找不著回來的路錯過回去的班機。既然是工作中，那可不是開玩笑的，要非常注意自己的安全，上工時間到了當然也要準時出現，不要給別人添麻煩。

　　巴里島實在是一個很好玩的地方，有很多高級飯店和近來很受歡迎的villa，如果你喜歡spa的話，巴里島更是上

上之選，絕對可以擁有頂級的享受。

　　說來好笑，到巴里島我不愛住私密性較高的villa，原因其實只是因為我喜歡早餐的時間可以在飯店中看到其他形形色色的房客。其實我們根本不認識彼此，也不會打招呼，但比較特別的房客們都被我一一取了綽號。像一對澳洲來的兄弟（我猜是澳洲人，因為由西澳飛巴里島只要3小時，比台灣還近。911之後，美國遊客也大幅減少。所以目前澳洲、日本、台灣人分佔巴里島遊客前3名），其中的哥哥就被我封了「toast burner」的封號，因為他超愛吃土司麵包，一個早上要接近烤麵包機3次，我第一天會注意到他就是因為

在巴里島隨處可見各式的藤編物品，像提藍、面紙盒、桌墊等等。也許是這幾年民俗風大行其道的關係，我終於不能免俗的買了一個藤藍。買回來後我仔細用刷子刷洗了一次，但還是覺得藤藍的細縫間似乎很快又會充滿灰塵，於是我又不辭辛勞地做了一個紫灰色的布襯縫在裏面。

這次我住的飯店有個不小的泳池，深有180cm。有個涼亭式的吧台就在泳池中，只有靠近吧台的地方水淺些，立了幾張石椅，可以靠著吧台喝東西，涼亭中還有4、5張桌子供人休息、乘涼和吃喝，飲料以外的食物就從距離很近的義大利餐廳端過來，凱薩沙拉、披薩和義大利麵都做得不錯，而且價格便宜，五星級飯店的餐點，每樣單價卻只要100元台幣左右。

他烤土司的時候，烤麵包機不知怎麼的居然就燒起來了；另外留著一點鬍子、滿頭栗色長髮的外國人，我當然就叫他「Jesus」；平肩小男孩走路時兩手非常不自然的微彎垂於身後，像極了足球選手，所以我叫他「soccer boy」；另外被我偷取了綽號的，還有「dancer」，一個約4歲，愛跳舞的小女孩，還有「bra eater」，吃胸罩的人等等。

　　這趟去巴里島，因為當地的咖啡太難喝了，讓我不知道喝什麼好，反倒使我迷上一種叫Lassi的水果優格飲料。當地的一般餐廳都有Lassi，我沒深究裡面到底是什麼果汁，不過看起來是淡粉紅色的，似乎很健康。

　　印尼菜不像泰國菜那麼讓人印象深刻，我只偶爾會點名為「nasi goreng」的印尼炒飯。Ubud區一家叫「Café Wayan」的印尼菜餐廳很不錯，環境很漂亮，彷彿在花園裡用餐一樣，門邊的玻璃櫃中還擺著各式非常美味誘人的蛋糕，這家餐廳在中文和日文的導遊書裡都有介紹。Kuta區則有另一家義大利餐廳叫「The Maccaroni Club」，我也常去，空間設計得很有現代感，東西也好吃，二樓還有四台蘋果電腦，可以免費上網。

Café Wayan& Bakery
TEL:0361-975447
Monkey Forest Road Ubud-Bali

「Café Wayan」的nasi goreng炒飯上舖了蛋皮，還附了蝦餅、沙嗲肉串、炸雞塊和一些像是炸果仁片的東西。

印尼人非常迷信，每天都得拜拜，供奉的東西也很簡單，可能只是幾片餅乾或幾朵小花，放在樹葉做的小容器裏，這種擺設在街上路邊隨處可見。巴里島上，廟口的石獅子都會蓋上黑白滾紅邊的格子布，據說這對比強烈的顏色有警戒的意思，用來提醒人們不要做壞事。

Vitas還拍了一張很有意思的照片，照片中的告示意在提醒人們不要把那階梯當樓梯爬。Vitas很委屈的說，那紅色木片上的小人，鼻子畫得特別長，顯然是專指像他那樣的外國人。

因為我的導遊書上介紹了不少買東西的地方，當然就免不了按圖索驥，前去參觀一番。我在「Pusaka」買了幾件民俗風印花、料子也不錯的衣服；連鎖藤飾店「Ashitaba」則不用殺價就能以頗公道的價格買到東西。另外，因為巴里島有一大堆單行道，我和Vitas騎著機車繞來繞去，居然意外找到小巷弄裡數年前我沒機會仔細逛、但很不錯的小店「Ricardo Gumanti」。這次我花了不少時間，仔細在

那裡挑了幾條花色很漂亮且價格不貴的絲巾，還買了店長小姐推薦我、水牛角製的湯瓢和飯勺，她說不像壓克力做的怕燙。買了這麼一趟，沒想到最後居然還是沒時間去採購數年前就很心怡的印尼陶器，只好留待下次。

在「Pusaka」花了209000盧比買的縲
縈質料的洋裝，合台幣只要727元。
Pusaka
20 D Pantai Kuta St. Kuta-Bali-
Indonesia 338
Legian St. Kuta-Bali-Indonesia
Ashitaba
Jl.Raya Legian No.473 Kuta
Ricardo Gumanti
Jl.Gg. Poppies I/22 Kuta

　　因為租了機車，所以除了有一天下大雨不方便，其他好幾天我們都是騎機車外出探險。居然第一天就出師不利，在一處繁忙的路口被警察攔下來。因為Vitas駕駛，我則在後座看著地圖指路，但地圖上有些部分畫得不容易懂，我只好喚前面的Vitas幫忙看，Vitas在台北騎車慣了，正躊躇著準備停車，又一邊聽我報著不知所云的路況，不知不覺就往路邊（右邊）靠過去，但峇里島是靠左行駛的，就這樣警察立刻把我們攔下來。之後，在路邊的小亭子裏，那警察裝模作樣的開三聯罰單給我們，我們付了錢之後，他居然就把錢用訂書機訂在三聯單上，連一聯都不撕給我們。我們問他要收據，他說沒有收據，除非我們三天後去裁決所；顯然是個吃錢的警察，非常無賴。

　　第二天騎車往Ubud區途中，又因為不懂當地交通規則再度被攔下。在台灣我們是紅燈時一律不可通行，右轉也不行。但是在巴里島，則是紅燈時左轉車一定得左

正在看地圖找路的騎士

Vitas

轉；我們看到紅燈當然停下，在最左車道等著左轉，於是
又被攔下。而這個警察連單子都不打算開，就要我們付罰
金15萬盧比（相當於15塊美金）。Vitas明白告訴他我們前
一天的遭遇，並告訴他我們只付5萬盧比，如果他不接受
的話，請他開罰單送裁決所，我們願意三天後去裁決所。
這個警察非常瞭解送裁決所的話，15萬盧比將會繳給印尼
政府，他是一毛錢都撈不到，於是就收了5萬盧比，還幫
我們在混亂的路口開出一條路指引我們上Ubud區去。

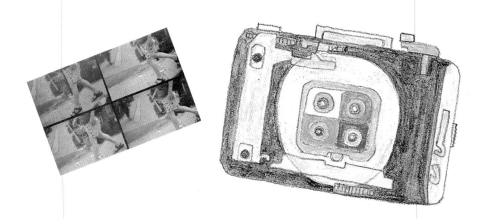

去巴里島之前買了一台4連拍的Lomo相機。但因為很難拍得好，所
以使用意願非常低落，巴里島回來之後再也沒用過。

去澳門吃午飯
Lunch in Macau

　　這陣子飛香港有點悶，因為香港物價和港幣匯率居高不下，不到打折的時候精品店裡的東西實在買不起。而我這咖啡中毒的人每天必定光顧的咖啡店，定價也已經高到了令人匪夷所思的地步。比方說到處都有的星巴克咖啡，

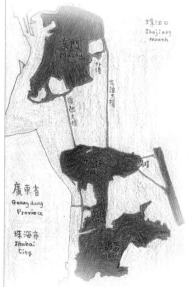

星冰樂（Frappucino）居然索價30塊港幣，剛好是台灣定價90元的1.5倍（連消費高得有名的日本，咖啡價格都只是與台灣相仿而已）。不逛街，這一檔電

澳門與氹仔之間有兩座跨海大橋，橋的有些部分建成弓起來的小山形，是為了給船通過。

除了大三巴牌坊之外，還可以參觀其後的天主教藝術博物館。

影又沒有想看的，正愁如何消磨時間之際，有人提議去澳門。

　　這倒是個好主意，因為沒去過，至少很新鮮，精神也振奮多了。不想太早起，所以決定去澳門吃午飯。決定後因為太興奮，在香港機場過海關時我還忍不住跟移民局關員打聽如何前往澳門，得到的情報是只要搭地鐵到上環，出口「D」即是港澳碼頭。渡輪大約每15分鐘一班，花130元港幣買張船票，一個鐘頭後就可以在澳門上岸；港幣在澳門也都可以使用，匯率是100比103。

　　因為是臨時起意去澳門，一切都沒有準備，我們連澳門地圖都沒有，更不要說其他更詳盡的資料了。後來照著在機場和碼頭拿到的資料，選了在氹仔的木偶葡國餐廳，離機場是不遠，但離我們搭渡輪的碼頭卻相當遠。不過反正當成市區觀光，倒也還好；一路上，澳門高樓沒有香港

多，顏色倒是鮮明很多。

我們點了葡式咖哩蟹、焗香雞、燒羊扒、炒西蘭花和牛尾湯，甜品是芒果布甸。但我們並沒有點也小有名氣的葡國葡萄酒來佐餐，因為中午喝酒有點嫌早。雖不知道菜色道不道地，但滋味倒是很不錯。除了這些，我們沒點到的燒乳鴿、非洲雞、葡式炒蜆也都是澳門相當有名的料理。另外，菜單上常會看到一種叫「馬介休」的東西，像是炭燒馬介休、熱欖油蒜馬介休、農夫忌廉馬介休，就連我們點炒西蘭花時，服務員都問我們要不要加馬介休。馬介休其實就是一種很受葡萄牙人喜愛的鹽醃大西洋鱈魚。

吃過飯後，我們決定參觀一下著名的大三巴牌坊（Ruins of St. Paul）就打道回香港，結果一下33號公車，看到疑似很著名的「咀香園餅家」，就近去買了疑似很著名的杏仁餅，然後又看到很誘人的招牌寫著「雙皮燉奶」和「薑汁撞奶」又由不得走進去吃了一碗冰蓮子雙皮燉奶。問老闆何謂「雙皮」？老闆沒有回答，只問我們好不好吃。

鬼混了半天，已經下午3點多了，我們終於要往大三巴牌坊走去，不料又發現整條大三巴街居然是一條很不錯的中式家具街，於是又逛了起來，同行的同事買了一個價

格公道的古董化粧箱，我則特別中意那一大堆小抽屜上寫
滿中藥名字的中藥櫃子。磨磨蹭蹭好不容易看到目的物——
—大三巴牌坊，我根本已經懶得爬上去了，遠遠的拍了它
幾張照片就趕回碼頭去搭船了。

又去澳門

　　後來又去澳門，是因為抽到
公司聖誕party的大獎。那時我因
為不知又飛到哪裡，無緣參加。
沒想到回到中正機場辦公室時，
居然聽到有參加的同事說我疑似
抽中某大獎。這可稀奇了，那是我
在這公司的第12個聖誕節，前面11
次我連個水壺或電扇之類的都沒抽
中過，這次居然會抽中「大獎」？
過了幾天，獎收到了，居然是復興

*復興航空空服員靜靜、座
艙長慎釜*

航空，台北—澳門機票3張。空有機票，不用白不用，我
決定來個港澳3日遊。澳門可以玩的沒有香港多，所以這
次我打算澳門逛一逛，再搭渡輪回香港玩。

　　為了配合Vitas的時間，我把機票訂為4月1日他放春假的時候出發，為此還向服務於復興航空的友人靜靜和愼釜請教，他們飛澳門那麼久，應該可以稱為澳門通了。靜靜還很熱心的給我畫了一張標明各項吃食和買物的地圖。沒想到3月開始香港SARS疫情越演越烈，幾個朋友和遠在加拿大的弟弟都打電話來勸我們別去。澳門其實還好，沒什麼疫情，於是我們還是去了，只是原先計畫的香港就沒去成，變成純澳門3日遊。

　　打電話給在香港的好友Yvonne Sim，問她來不來澳門玩，她說渡輪也是密閉空間，最好不要搭，她已經到了一出門回家後就洗澡的地步；在香港，每個人都是出門買買菜就趕緊回家，再也沒有人在茶餐廳坐上大半天了。一個豬肉小販還跟她說，以前他一天賣兩頭豬，現在反而可以賣上五頭，因為大家都回家自己開伙做飯了。不過她還是建議我買杏仁

星巴克肉桂薄荷片在台灣賣100元，
在澳門只賣15元，約合台幣65元

澳門杏仁餅口味相當特殊，咀香園、鉅記的都不錯

咀香園餅家
209AV. Do Matadouro 2B-2C, R/C,
Macau
澳門新馬路209號

鉅記餅家
澳門清平街2B-2C號地下（近新馬路）
Travessa do Matadouro 2B-2C, R/C,
Macau
TEL：853-930-530

餅要去鉅記（雖然我一向買咀香園的杏仁餅，靜靜也建議
咀香園），吃蛋塔去瑪嘉烈蛋撻店，吃葡萄牙菜則去法蘭
度餐廳（Fernando's Restaurant）。

　　在網路上查澳門的葡萄牙菜餐廳，大家也都推薦法蘭
度餐廳，所以我們當然也不辭辛勞的來到澳門最南方的路
環黑沙海灘，法蘭度餐廳的氣氛很好，高朋滿座，但我卻
覺得菜還好，點了一瓶葡萄牙白酒，也沒什麼特別。

　　去德國斯圖佳特玩的時候，巴西友人Maria也問我們有沒有去過澳門；Maria教葡萄牙文和西班牙文，可能因此對曾為葡萄牙屬地的澳門感興趣吧。所以我們就寄了澳門入境卡給她，中、英、葡三文對照，她也許會喜歡。其實澳門除了路名保留葡萄牙文之外，大部分通行的語言還是中文和粵語，我沒聽到有什麼人說葡文的。

澳門吃喝資訊
木偶葡國餐廳 Cozinha Pinocchio
氹仔日頭街4號
Rua Do Sol, No.4 Taipa Macau
TEL：853-827-128

法蘭度餐廳 Fernando's Restaurant
澳門路環黑沙海灘9號
Hac Sa Beach No.9 Coloane Macau
TEL：853-882-264, 853-882-531

澳門瑪嘉烈蛋撻店 Margaret's Café e Nata Café e Nata Sandwich Bar
Gum Loi Building, Macau
澳門南灣金來大廈
TEL：853-710-032

吃吃喝喝遊大阪
Eating in Osaka

Manneken的鬆餅常要排隊才買得到，
有原味、芝麻和巧克力等數種口味。

　　依賴手機慣了，偶爾沒手機用還真不方便。這次去大阪玩，決定在關西機場直接搭南海電鐵直達終點難波，再請朋友們到難波站口的鬆餅店門口等我。時間很難抓，飛機會不會準時到，關西機場等通關不知道要花多少時間，托運行李幾時才出得來……等等，都難以確定。所以縱使我有南海電車時刻表，還是無法知道能搭得上幾點的電車，所以就大概估了個時間，請大家8點鐘來，如果我晚到，就只好請耐心等了，因為我們都沒有手機。結果我估得挺準的，我搭的電車7：53抵達了難波，就在約定的

Manneken Waffle鬆餅店門口等。等了一會兒，卻還不見朋友們的蹤影，我時而無聊地看著來往的路人，時而就盯著玻璃窗裏忙著做鬆餅的女生，看她在忙些什麼。後來Ayako、Paul、Vitas及時出現，我臨走前想把鬆餅店拍下來，結果店裡的兩個店員全擠過來，隔著玻璃窗大方的比手勢。

　　日本的餐廳或賣吃食的店，很喜歡以完全透明的玻璃窗展示他們的廚房，這一招除了滿足人們偷窺「後台」的慾望之餘，應該也有助於招攬更多的客人吧！

　　這次去大阪，借住家在地鐵站附近的Paul Sinclair的處所。Paul來自加拿大中部農莊一個叫Fort Qu'Appelle的地方，1991年到日本，待了幾年後去了中國，後來也到過台灣在大學教了兩年書，2000年又回到大阪拿語文社會學的博士學位。Paul和女友Ayako各有一間小公寓，為了我們來大阪，兩人很熱情的分出一間讓我們暫住。Ayako十多年前在加拿大念書、教日文，現在是上班族，她沒化很厚的妝，穿著和髮型不過分雕琢，也沒有一身的名牌，跟我印

象中的日本上班族很不一樣。

Paul家很小，比我看過的任何留學生的房子都要小，Ayako自己的公寓大概也只有10坪大。因此我現在不但不羨慕，反而覺得日本人很可憐，天天塞在那麼小的房子裡，一定很壓抑，不太快樂得起來。當然附近也有不少大房子，但像我們這樣平凡的中產階級，是與大房子無緣的。

週末，Paul提議去天王寺附近玩，Ayako告訴我那地區像是大阪的「下町」（「下町」指的是以往繁榮，但現在較爲落沒的商業區，比如台北的下町就是西門町、萬華、大稻埕一帶），我一定不會喜歡的，她提議我們一起去「心齋橋」附近新的「南堀江」地區逛

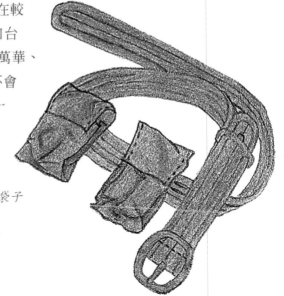

帆布腰帶上有兩個皺皺的袋子
R by 45rpm
大阪市西區南堀江1-20-15
TEL:06-6578-0045

天牛書店
大阪府吹田市江
坂町 5-14-7
TEL:06-6337-0687

街喝咖啡。除了下雨有點不方便以外，我倒還滿喜歡那地區的，有點像去東京涉谷玩的時候，朋友帶我去的可麗餅店「Au Temps Jadis」那一帶，很有時尚感。我們去了一家叫「Muse」的咖啡館喝咖啡，接著去一家廚房用品店買了胡椒罐；我很喜歡的日本品牌45rpm南堀江店也剛好在這裏，我買了一條灰綠色的仿軍用腰帶。

　　後來，我們還去了Ayako家附近一家叫「天牛書店」的舊書店，書是不多，但我仍買了一本今年6月才剛出版的食譜，全新的，1575日幣的書只賣680日幣，我至今百思不解為什麼才出版不到一個月的新書可以用如此低的價格買到。

　　日本的吃，除了生魚片之外，我都不特別喜歡，挺受同事歡迎的居酒屋、日式火鍋，甚至紅遍台灣的拉麵都很少吃。

　　因為Vitas第一次來大阪，算得上老大阪的Paul忙著招待他，第一頓飯是在雞肉串燒店吃的，Paul對那裡串了蔥

段一起烤的雞腿肉串讚不絕口。Vitas也很喜歡那裏塗上醬油、烤得焦黃的三角飯糰，除了我，其他包括Ayako在內都喝了不少生啤酒，非常盡興。

　　Paul帶我們吃的第二頓晚飯是他家附近的「樂樂」大阪燒（okonomiyaki）。大阪燒跟章魚燒一樣是關西著名小吃，章魚燒我倒還滿常吃，因為以前來大阪出勤時住的中津老飯店斜對面就有一家。我和同事Corrina、Edica還一起去那用竹簾子、帆布搭成的克難棚子裡坐著吃過，邊聽曾到過台灣旅行，只會用中文說「我愛你」的老闆胡說八道。想來想去，日本線我飛了不只10年，恐怕到過大阪上千次了，居然沒吃過大阪燒？實在是連我自己都不太相信。不過話說回來，在香港吃飲茶吃了10年，從沒吃過鳳爪的我，也是一直

很多賣和食小吃的店，像是「お好み燒」或是居酒屋之類的都喜歡用燈籠當店招。
樂樂大阪燒江坂本店
TEL：06-6385-9948

到2000年，和朋友Lica去溫哥華訪友時，才在她們努力勸說下，在港式點心店裡吃了生平第一次鳳爪；那鳳爪是很大的一整支，倒不像香港都是一段一段的。

「樂樂」大阪燒江阪本店只有3張桌子，我們坐吧台，吧台的桌面是像鐵板燒一樣的鐵板檯子，老闆就直接在我們面前表演，在麵糊上加了海鮮、絞肉等材料，煎成一個大圓餅，再加上蕃茄醬、醬油、美乃滋和芥末醬，並且撒上一大把柴魚片，然後放在橢圓型的牛排鐵盤上端過來。Ayako點加了炒麵的，加了炒麵的，則叫もたん燒（modanyaki，不過台灣不管是哪一種都叫大阪燒）。大概因為有live表演的關係，離開大阪後，Vitas還是對大阪燒念念不忘，但我倒是一點都不想吃第二次了。

隔天Paul本來計劃帶我們去吃炸豬排，那也是我幾乎不吃的食物之一，幸好Vitas知道我對大部分炸的東西沒興趣，所以我們改去了梅田一家台灣也有分店的迴轉壽司店「元氣壽司」。店很大，人倒是不多，我們被領進去坐定後，一個領班模樣的人提了一個裝著一條活魚的木桶過來給坐在我們旁邊的一群國中女生看，那群女學生尖叫著，並且搶著跟那條還在吃力呼吸著、並不時蹦兩下的大魚照相。因為那5、6個女學生太吵，花招又很多，所以我們除

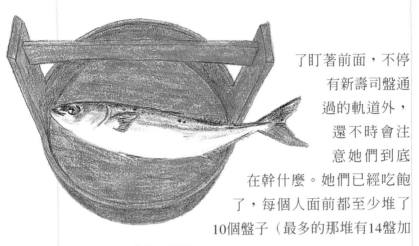

了盯著前面，不停有新壽司盤通過的軌道外，還不時會注意她們到底在幹什麼。她們已經吃飽了，每個人面前都至少堆了10個盤子（最多的那堆有14盤加3個布丁和2罐蘋果汁）。

然後她們老師來了，老師只吃了一點點東西，她們倒是嘰嘰喳喳地問了老師一堆怪問題，像是初吻什麼時候發生的……之類，繼續鬧了好一陣子，才由老師買單離去，我們的注意力這才終於回到壽司上。鮪魚、鮭魚、鰻魚、花枝當然是一定要點的，但我最喜歡的不是toro（鮪魚最肥的部分），也不是uni（海膽），而是貝類，但元氣壽司並沒有一般常見的北寄貝和赤貝，只有石垣貝。桌上有綠茶粉罐和熱水龍頭，可以自己沖綠茶喝，每兩個座位前就有一個對講機，也可以按對講機直接點東西。這家店不分種類，每盤都是100日幣均一價，實在經濟又實惠。

正餐吃完了，我們又去了Paul和Ayako一致推薦，在西

這是Lois Café桌上放的裝飾植物，簡簡單單的一片葉子倒是非常符合店裏的風格。

梅田的「Café Hye Deli」咖啡店，吃起士蛋糕。果然是一間十分受歡迎的店，才晚上8點多，店裡卻只剩起士蛋糕、綠茶起士蛋糕各一片。

　　由於Paul儘量要把日本比較不一樣的地方展示給第一次來大阪的Vitas，所以在吃的方面，當然是餐餐吃「和食」，不怎麼愛吃和食的我，第三天上午藉口帶Vitas去逛街離開Ayako家之後，就準備去找合自己胃口的食物。

　　先去梅田附近一家現代亞洲風格的Lois Café，本來打算吃越南生春卷的，但是他們中午的菜色不多，並不供應這一項，所以我點了混合10多種有機生蔬菜，叫做「西貢小姐（Miss Saigon）」的義大利麵，上面還撒了數片蝦餅，附有清淡微甜的酸辣醬汁，可依自己需要酌量加入。這道菜不需要什麼高超的烹調技巧（只需把麵煮熟），但卻相當可口，而且健康有創意。飯後，當然少不了一杯加了煉奶的西貢咖啡。我不喝也不懂啤酒，但Vitas說這裡的Yebisu啤酒很不錯。

吃了一小頓，我們再前進到梅田LOFT百貨公司的「Capricciosa（カプリチョーサ）」連鎖義大利餐廳，Vitas點了這裡很薄的、直徑27公分的margherita pizza。這種披薩只加了新鮮蕃茄，摩扎瑞拉起士和羅勒，但卻十分可口，而我則是專門來吃甜點的。這裡的南瓜塔絕對不可錯過，是有口皆碑的。

Lois Café洗手間前面以兩尊性徵明顯的木雕人型，給食客指引方向。

Lois Café
大阪市北區藝田1-15-21
TEL:06-4802-2222

Capricciosa（カプリチョーサ）
大阪市北區茶屋町16梅田
LOFT 2樓
TEL：06-6376-0855

落腳巴黎
Hanging Out in Paris

super size 可麗餅

又去巴黎，落腳在蒙馬特一家兩星小旅館。旅館附近街角有一家可麗餅店，每次經過老是看到大排長龍。因為好奇，決定一定要找機會嚐嚐。離開巴黎的前一晚，即使已吃過晚飯，一點都不餓，還是在10點多回旅館時加入排隊的行列。小店櫃檯裡有三個工作人員，一個點餐兼收錢，另外兩個負責做可麗餅。可麗餅內容不同，價格也各異，我買了一個火腿加乳酪的。沒想到跟我們的可麗餅size不同，是好大好大的一個，有整片的好幾大片火腿，店員還抓了3大把乳酪絲灑上去，料多得驚人。我的火腿加乳酪可麗餅雖然索價5.4歐元（合約台幣185元），但非常好吃，也把我們撐得半死。我晚上做夢還夢見那些一咬就拔出絲來的摩扎瑞拉乳酪把我的胃全都黏住了。

才隔了8天，我們離開巴黎到了德國斯圖佳特，我已經忘了吃可麗餅吃太撐的教訓。在斯圖佳特一個很冷的星期天下午，我看到可麗餅攤子，就又跑去光顧。還是大size的火腿加乳酪，但物價沒有巴黎高，只要3.1歐元。這裏的乳酪是預先切成一塊一塊的，要用時再放入如壓大蒜器一樣的小工具中，將乳酪壓成絲狀擠出來。我看那小姐抓了一把乳酪時還心想，天啊，我又沒點鳳梨；因為塊狀的起士看起來還真像鳳梨塊。比起台北硬綁綁的「薄脆餅」上面排上5小條橘色的乳酪片，雖然同樣叫可麗餅，我也只能說果然是「橘逾淮為枳」了。

我也當場拍了一張拍立得送他，他顯然很高興。

Tsolis Christos
Restaration Rapide-Crêperie
2 rue du fg Montmarte Angle Bd Poissonniére 75009 Paris
TEL：01 47 70 07 83

巴黎兩大著名咖啡館

聖日耳曼大道（St-German-des-Pres）上除了名店特多之外，還有著名的雙叟咖啡館（Les Deux Magots）和花神咖啡館（Café de Flore）。為了躲雨而進去花神咖啡館喝咖啡，兩人份的歐蕾咖啡放在托盤上端過來很是壯觀，這家咖啡館一定有超大容量的洗碗機。

去雙叟咖啡館那天，天氣倒是很好。坐在室外，小麻雀們飛來停在麵包

在曼谷買的鐵製星巴克書籤。
比起巴黎這些歷史悠久的著名人文咖啡館，來自西雅圖的美式咖啡館星巴克，氣質完全不同。有趣的是，即使星巴克在2002年已經進駐了歐洲的柏林、法蘭克福，但在非常維護自身傳統文化的巴黎，硬是一家星巴克也沒有。

雙叟咖啡館跟花神咖啡館
包方糖的紙。

雙叟咖啡館（Les Deux Magots）TEL:01 45 48 55 25
花神咖啡館 （Café de Flore）TEL:01 45 48 55 26

籃邊緣上啄食裡面的麵包，結果鴿子們也來仿效。鴿子不
似麻雀們輕盈，一下子就打翻整籃麵包，然後大方的吃起
來，四周高談闊論的人們居然也沒人在意，或是多看牠們
一眼。

帥氣的巴黎警察

巴黎警察們除了一般以車和機車為移動工具的「普通」警察之外，還有騎單車辦公的單車隊和以直排輪鞋代步的直排輪鞋隊。每每看到直排輪鞋警察們快速的在馬路上滑行巡邏時，都覺得他們實在是酷斃了。後來有一天正好經過街角看到輪鞋隊警察們正在盤查一位路人，就湊過去要求合照，並且還請他側著身體站，以便拍下輪鞋的全貌，這位警察配合度很高，還給我e-mail地址，要我不忘寄一張照片給他。

這位警察先生的制服背後有安全反光設計

在德國做戒指
Making Rings

2002年，我和Vitas計畫到歐洲渡蜜月。去歐洲之前，因為太忙，連戒指都沒準備就匆匆先去公證結婚了。我們同時準備在歐洲渡四個星期的假，當然有的是時間，所以四處閒逛的時候，看到不錯的珠寶店就會順便進去瞧瞧，物色戒指；還是應該有個戒指吧，我想。但結果多半是大同小異，沒什麼特別的。

在德國看了幾家店，有家店有一種金屬的8字型「連體戒指」，連接的戒面故意不是很俐落的切開，有凹凹凸凸的切割痕跡，所以這對戒指的戒面可以完全密合，倒是一個不錯的點子。

後來，我們去了另一家店，那很有書卷氣的小姐建議我們何不自己打造戒指呢？我們考慮了一下覺得相當有趣，就欣然接受了她的建議。

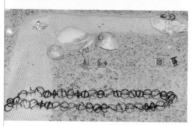

預約好的當天再去店裡，老師Miriam小姐就開始教我們製作戒指。先切蠟管、量指圍，再用銼刀、砂紙等工具磨蠟管，做出對方無名指尺寸的蠟戒模型。光是這小小的蠟戒就花了我們5個小時去完成，還得先付每人90歐元的學費（大約3000元台幣）。之後店家會將蠟戒模型送去製胚灌模，一個星期後，再預約一天去店裡，我們就可以拿到金屬的戒指粗胚。我們選的是18K的玫瑰金，為了製作上簡單，上面沒有任何花樣；外圈是霧面的單純

平面，內圈是打亮的凸面。

　　拿到這粗胚的金戒指之後，接著還得再做更仔細的打磨，讓它更接近我們原先想要的模樣。用粗砂紙磨內圈凸面、接近完工時，我看到自己居然能磨出那麼美麗的內側戒面時，實在很感動，不相信自己能做出如此有職業水準的戒指。而Vitas那邊，則是因為我的戒指被做得太大（好像我一開始就沒量好？），Miriam必須特別教他用機器壓縮戒指，之後內側還得再磨掉一大層，所以原本進度領先的Vitas就落後我許多了。哈哈，看他如此努力打造我的戒指，實在也覺得意義非凡。

　　而Miriam趁我們製作戒指之際，也問了許多我們結婚和拍照的細節。世界各地風俗相異，但台灣婚紗業者的專業技術和服務可真是獨步全球；國外所謂的婚紗照，就是結婚當天拍的相片，可不像我們結婚宴客的時候，婚紗照已經美美的一大本準備好了。

　　戒指打好之後我們才發現朋友Elke和Steven結婚前也曾一起去親手做戒指，不過這對夫妻似乎不是很信任對方的手藝，因為Elke做的是她自己的戒

工作室一角，也就是我們
上課的地方

專心打造蠟戒的Vitas

我們的老師，Miriam小姐

指，Steven也做他自己的。他們說因為在德國，與外國人結婚的法律程序頗為麻煩，所以德籍的Elke與美籍的Steven就跑到丹麥去結婚了，他們說在丹麥結婚就跟在拉斯維加斯結婚一樣方便。

　　回來之後，我原先一向戴的銀飾都收起來不戴了，因為不搭這只玫瑰金戒指，而手上只戴一只如此中性的戒指看起來又有點寂寞。後來我在日本找到一款很細緻的10K玫瑰金尾戒，搭配起來倒是不錯，尾戒很細小又不太花俏，才不會把我無名指上婚戒的光采都搶光。

第一步驟，想好樣式，然後切蠟管

做好了我們的蠟戒，我真的有「鐵杵磨成繡花針」的感覺，拍照留念後，因為拿去用黏土製模，蠟戒已被燒熔，永遠消失了。

倒數第二步驟，內面打光，這也是我們做的最後一道手續，再來就是送去請人在內面刻字了。

細說斯圖佳特
About Stuttgart

　　去了一趟德國，我居然有一個感想：其實觀光客就應該去觀光客去的地方，太標新立異去一些大家不太去的地方，反倒給自己添麻煩。

　　德國南部小城斯圖佳特（Stuttgart）就是這樣一個「觀光客不太去」的地方。幾乎全部的指標、餐廳菜單都只有德文，在那裡待了20天，只有一次吃中飯的餐廳「California Sidewalk Café」有英文菜單，店名既然叫「加州人行道」，理應說點英文。

　　有一次我們在露天咖啡座用餐，我進室內找洗手間，看到樓梯口有一張大大的告示，上面又說1又說0.5的（全部德文都看不懂，只看懂數字），我搞不清楚上洗手間應該給1歐元還是0.5歐元，只好回到外面搬救兵，找Vitas去幫我看看海報上說什麼。原來海報上說的是：洗手間在1樓（德國說的1樓，其實是我們指的2樓；而我們說的1

斯圖佳特市的市徽是一匹馬。這種貼紙在市中心的資訊站有提
供，而且是免費的。另外還有一種設計得比較抽象的彩色貼
紙。那是斯圖佳特準備爭取主辦2012年奧運的活動貼紙。朋友
Dirk的女朋友Carmen幫這個機構做事。給我們看了很齊全的斯
圖佳特資料。德國南部這一區是德國相當富裕的地區，有很著
名的汽車工業。賓士和保時捷車廠都在這裡，這一區他們稱為
schwäbisch，英文為Swabian，發音正好像中文的「隨便」。所

以這裡的食物就叫隨便
菜，這個地方的人就叫隨
便人。聽起來真叫我忍俊
不住。

樓，德國人卻是說E樓。德文的Erdgeschoss相當於英文的
ground），如果你不是在這裏用餐的客人請付0.5歐元。所
以在德國，我完全理解不識字的不便。

每次拿到菜單，Vitas就得從頭翻譯到尾，義大利餐廳還好，至少看得懂那些 pasta的名字，知道pizza，知道risotto。德國餐廳的菜單通常只能看懂飲料的部分，因為可樂、咖啡、酒精飲料跟英文大致相同。在德國，晚上佐餐時我們大多喝葡萄酒，白天從早餐開始我則都會點Latte Macchiato，跟我們這裏的拿鐵咖

有些Latte Macchiato的玻璃杯上還印有 Latte macchiato 這樣的標幟，很有趣。跟啤酒杯一樣，一種杯子只能裝一種品牌的一種飲料。

再介紹一個紅酒做底的熱飲食譜：Glühwein。

Glühwein本來是冬天的飲品，但這次我在德國被15度以下的氣溫給冷昏了（居然還是8月耶！），因為真的太冷了，居然有餐廳就在門口特別貼上有供應Glühwein的海報，我當然不放過這取暖又解饞的好東西！

作法很簡單：紅酒700cc，紅糖60g，水果乾（無花果、杏、加州李等）幾種，肉桂棒1根，丁香（clove）10顆，把全部材料放一起稍微煮沸就可以熄火了。

雖然買不起賓士跟保時捷，但到了德國斯圖佳特，我還是去參觀了這兩大著名車廠的博物館。賓士車博物館規模較大，甚至有定時定點的巴士接送，簡介也有簡體中文版本，把「賓士」翻成「奔馳」。保時捷博物館則小很多，但有一些可愛的周邊產品，例如，這台「保時捷粉紅豬」，是在一台粉紅色的跑車上，像豬肉部位解說圖一樣，以虛線畫分並標出名稱，*Hirn*是腦袋，*Rüssel*是鼻子下面覆蓋牙齒的部位。

啡差不多，熱飲，但會附吸管，請你斯文的喝。

德國人出門用餐時，多半會選義大利菜，因為他們覺得出門吃飯應該要吃好一點──雖然他們是很有優越感的日耳曼人，但倒是承認義大利菜比他們德國菜高明。

從巴黎飛到斯圖佳特那天正好是星期天，當地的餐廳不是因為渡假而歇業，便是星期天不營業，我跟著老斯圖佳特Maria和Vitas跑了不下10個地方，都沒結果，最後總算找到一家德國小館。那一餐我喝了一些紅酒，吃了一大盤煎豬肉和炸馬鈴薯球組合而成的德式料理，結果胃不是很舒服，我想我不是適合吃「大肉」的人，尤

保時捷泰迪熊賽車手很討人喜歡。2002年8月歐洲天候不佳，我穿了這樣一身衣服居然還冷得直打哆嗦。

其是比較油膩的東西，就決定不再輕易嚐試德國菜。

　　剛來斯圖佳特的時候，我們出門都坐電車，電車分U跟S兩種，雖然到德國之前我也買了一本導遊書，但後來發現Vitas這老斯圖佳特知道的比書多太多了，就不再翻書，而乖乖當個盲目的小跟班了。

　　有時候我們要去的地方兩個車站的車都可以搭，Vitas就會問我，妳要選近的U車站，還是多散點步看不一樣的風景去較遠的S車站搭車？我這個小懶人都是毫不考慮的選了U車站。我們最常搭的是U4，所以每次列車進站的廣播詞：「Achtung，U4……」（唸作「阿喝洞，烏ㄈㄧˋ喝」，意思是：請注意，U4……）就成了我不知不覺琅琅上口的德文，雖然Vitas叫我要說完整句：「Achtung，U4 nach Botnang fährt ein」（請注意，U4列車即將進站），人家才知道我在說什麼，但我還是「Achtung，U9」（阿喝洞，烏ㄋㄨㄞˋ）地說個不停，至少我知道要進站的是幾號車。

　　U列車很短，通常只有3個車廂相連，而且車廂與車廂之間不相通，站與站之間的距離也短。有一次遇到查票員上車查票，列車靠站之後，3個查票員忽然分別由車廂僅有的3個門跳上列車。幾秒鐘之內，我才從忽然被查票的

此面爲正面

請一進車站或
一上車就馬上
刷卡

可以搭乘4次
的車票（公車
和電車皆可）

價格是由VVS
組織決定

此面爲背面

此車票可以給
數人一起使
用，但每刷一
次卡只給一名
乘客搭一次
車，所以兩人
用同一張票，
需刷卡2次。

在與VVS合作
的地方可當折
價卷使用

名爲：The ticket to your city experience，可用3天的車票，使用
時要先自己寫上名字和日期。

一週券

德國南部小城*Metzingen*的*outlet*非常有名，只要你説去了*Metzingen*，大家必定知道你去過季商店購物了。過季商店的腹地廣大，林林總總二、三十個大小品牌，簡直像一家兩層樓的百貨公司。男仕用品應有盡有，選擇特多、尺碼齊全、價格也便宜，以德國品牌*Boss*的男裝為大宗；但女裝只有一點點，而且不太適合我的需求。我在另一個德國品牌*Jil Sander*的店舖以原價1.5折購得一件質感很好的藕色毛料外套，退完稅不到200歐元，另外還買了*Ralph Lauren*黑色絲絨滾粉紅鍛邊的內衣，上衣10歐元、褲子5歐元。

小小驚嚇中回過神，他們已查完全車的票。眞是迅雷不及掩耳，讓想逃票的人難以開溜。

說到查票，非得提一下我幾年前在布拉格的有趣經驗。布拉格的地下鐵需要你自己拿票在車站入口刷上時間，如果你買的是3日券或一週券，因爲上面已有日期，就可以不用刷。有一次我獨自一人進地鐵站沒多久，一個胖胖的女人給我看了一個牌子，我沒多看也沒多想，直覺是流浪的人要討錢或是小販推銷東西之類的，所以就揮揮手表示不要，繼續去找月台去了。找到月台才剛站穩鬆了一口氣，就發現那女人又跟上來了，並再給我看了一次她的牌子——原來是查票員，我不禁覺得很好笑，趕快把票掏出來。因爲我之前不理會的態度，她一定覺得很可疑，所以窮追不捨，我竟無意中成了嫌疑犯了。

剛開始時坐電車我們都買一般券，可兩人同用一張、搭乘四次，上車後把票插進刷票箱刷一下，印上時間日期就好了（兩個人得不同方向各刷一次）。後來因爲在斯圖佳特待了很久，我們便改購買附有很多折價券的3日券，再後來就變成買一週券，再後來我們還去租了車，以方便去遠一點的地方。

Tübingen這個小城就是我們租了車之後才去的，我們

在*Tübingen*可以租到各式的遊船，兩人座的小船有一般划槳的，也有像兒童樂園鴨子船一樣用腳踩的，我喜歡這種多人座的大船，靠背用的木板可拆可裝。

計劃去那裏划船。那天我們出門後先去另一個小城Metzingen的過季商店區買東西，所以等到了Tübingen，已經大概是下午5點鐘左右。停好車看到美麗的河中果然有各式各樣的小船，就先拍點照片慢慢逛了起來，又去河畔的小咖啡店吃了一頓蘋果蛋糕加拿鐵瑪琪朵，才去租船。7點15分，河畔的船家說打烊了，實際上是8點打烊，但因每次租船最少需租一個小時，所以7點以後就不再租船給客人了，縱使我說可以只划45分鐘，他們都不願意出租。很可惜，大老遠跑去Tübingen就是為了划船，船卻沒划到。我們只好又去四處逛逛，天開始黑了之後，就開始物色吃晚飯的地方。

大塊
LOCUS
文化

Future · Adventure · Culture

謝謝您購買這本書！
如果您願意，請您詳細填寫本卡各欄，寄回大塊文化（免附回郵）
即可不定期收到大塊NEWS的最新出版資訊及優惠專案。

姓名：＿＿＿＿＿＿＿　　身分證字號：＿＿＿＿＿＿＿　　性別：□男　　□女

出生日期：＿＿＿年＿＿＿月＿＿＿日　　聯絡電話：＿＿＿＿＿＿＿＿＿

住址：＿＿＿＿＿＿＿＿＿＿＿＿＿＿＿＿＿＿＿＿＿＿＿＿＿＿＿＿＿

E-mail：＿＿＿＿＿＿＿＿＿＿＿＿＿＿＿＿＿＿＿＿＿＿＿＿＿＿＿

學歷：1.□高中及高中以下　2.□專科與大學　3.□研究所以上

職業：1.□學生　2.□資訊業　3.□工　4.□商　5.□服務業　6.□軍警公教
　　　7.□自由業及專業　8.□其他

您所購買的書名：＿＿＿＿＿＿＿＿＿＿＿＿＿＿＿＿＿＿＿＿＿＿＿

從何處得知本書：1.□書店 2.□網路 3.□大塊NEWS 4.□報紙廣告 5.□雜誌
　　　　　　　　6.□新聞報導 7.□他人推薦 8.□廣播節目 9.□其他

您以何種方式購書：1.逛書店購書 □連鎖書店 □一般書店　2.□網路購書
　　　　　　　　　3.□郵局劃撥　4.□其他

您購買過我們那些系列的書：

1.□Touch系列　2.□Mark系列　3.□Smile系列　4.□Catch系列　5.□幾米系列

7.□from系列　8.□to系列　9.□喬鹿作品系列　10.□其他

閱讀嗜好：

1.□財經　2.□企管　3.□心理　4.□勵志　5.□社會人文　6.□自然科學

7.□傳記　8.□音樂藝術　9.□文學　10.□保健　11.□漫畫　12.□其他

對我們的建議：＿＿＿＿＿＿＿＿＿＿＿＿＿＿＿＿＿＿＿＿＿＿＿＿＿

＿＿＿＿＿＿＿＿＿＿＿＿＿＿＿＿＿＿＿＿＿＿＿＿＿＿＿＿＿＿＿＿＿

105

台北市南京東路四段25號11樓

大塊文化出版股份有限公司　收

地址：
市
縣
　
鄉／鎮
市／區
路
街
段
巷
弄
號
樓
（請寫郵遞區號）

姓名：

這加了蛋一起煎的毛塔薰是我們剛到德國時，在德國住了15年的巴西人Maria做給我們吃的菜，也是我第一次吃到的德國家常菜。

後來我們去了斜坡上的「Forelle」（鱒魚）餐廳，鱒魚餐廳的服務非常親切，桌上都鋪有刺繡、燙得很平整的桌布，這些桌布雖然已有相當久的歷史，但還是讓人覺得很舒適。在這樣的歷史悠久的德國餐廳吃飯，當然要點最道地的當地菜，於是我們點了「像老祖母一向做的，加了蛋一起煎的毛塔薰」（Maultaschen nach Grossmutters Art mit Ei gebraten, dazu Salat），及「加了迷迭香去燉的羊腿和從阿爾卑斯山來的香草、蒜泥和豌豆」（Lammhäxle geschmort mit

迷迭香很適合用於羊肉料理。這燉羊肉燉得恰到好處，肉質鮮嫩，完全不像啤酒屋的豬腳，總是讓我有切割上的困難。

Rosmarin und Albkräutern, dazu Knoblauch-Püree und grüne Bohnen）。所謂的「毛塔薰（Maultaschen）」，是一種德國南部的名菜，像大型義大利餃。我們當然還點了絕對必點的蘋果甜點Apfelstrudel和一瓶酒。

　　這是一家很棒的餐廳，菜好、氣氛也好。看著一大本厚厚的菜單，讓人實在不明白為什麼聞名世界的德國菜會是豬腳？有一次幾個德國朋友一起去露天啤酒屋，看菜單時我決定要試試當地的豬腳，結果居然有人懷疑地問我：真的確定要吃豬腳嗎？Why not？難道你們不吃？答案是當然吃，只是吃豬腳很麻煩。果然在座8人只有我點豬腳，而且待在德國二十幾天，我沒在任何餐廳裡看人點過豬腳。

Apfelstrudel是我最喜歡的當地甜點。德國人稱蛋糕作「Kuchen」（發音是「庫很」），這麼重要的字我當然一下子就記起來了。

在德國開車兜風
Our Guide Florian

愛用國貨開賓士車的
*Florian*和他的經典
導遊

車子註冊的省份，
各省都有不同的貼
紙。

　　去Vitas的好朋友Florian和Barbara家前，就聽說Florian
有很棒的笑聲，見了他之後果然發現他真的很愛笑。那
天，我們先去山上的蛋糕店喝下午茶，然後開著車，由他
們帶我們去繞一繞。因為他們的車子裡還有兩個小孩，小
的那一個還躺在手提籃裡，沒辦法載我們；所以Florian開

*Florian*和*Barbara*家附近有很多葡萄園，本來嘛，德國偏甜的葡萄酒在世界是佔有一席之地的。臨走前他們送給我們一盒水果，我沒問，直覺那是葡萄，還在心裡想：沒想到德國的葡萄那麼大，真不愧是釀酒用的葡萄。後來才知道我鬧了一個大笑話，因為那根本是李子。

車在前，我們跟車在後。

Florian先依序解釋他即將介紹的景點，然後當車子駛過時，他會做手勢，要我們看左邊或右邊，他介紹過的地方我一個都不記得，因為我全神貫注的在注意他什麼時候給手勢，結果他一做手勢，我又覺得很好笑而大笑不止，所以根本無心在欣賞風景上。Florian實在是一個很有趣的人。

在德國開車，很特別的是，車子若不在行進間就一定要熄火，等紅燈時也一樣。這樣雖然有點麻煩，但一來節省能源，二來少排廢氣；看到他們對環保的用心，更使我加深對德國人的敬佩。

德國的國民麵包Brezel

My Daily Trip to the Bakery

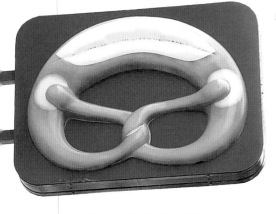

麵包店就用Brezel當店招

看到街頭小攤、麵包店到處賣的Brezel，毫無疑問的，就知道自己正身在德國。在德國各地，甚至連曾是法國屬地的法國阿爾薩斯（Alsace），Brezel都是很普通的食物。除了直接吃以外，中間塗了奶油的奶油Brezel也很受歡迎，也有中間剖開夾了起士和火腿生菜的Brezel三明治。

Brezel源自拉丁文，意思是交叉的雙臂。德國朋友說Brezel的由來是：古時候有一個國王規定每一個麵包都必須大小相同，有一次，這個國王偏愛的麵包師傅做了太小

德國南部特有的*Laugenbrezel*，一般售價0.50－0.55歐元之間，這是當地最普遍的早餐和零嘴。

Kummelbrezel，brezel上有葛縷子（caraway seed），0.61歐元。

Käsebrezel，0.72歐元，上面有點起士的酥皮Brezel。

Mandelbrezel，這是上面有杏仁片的派皮痲花捲Brezel，1.52歐元。

的麵包，國王為了不讓他被判重刑，便要他做出一個可以看到太陽三次的麵包，於是這個麵包師傅就做出了Brezel這樣的造型。

地域不同，各地的Brezel也稍有不同，像是我們這次待了很久的德國南部小城斯圖佳特，當地的Brezel就把沒有把打辮子那側做得較厚，烤前還用刀劃過，所以會開一個小口，斯圖佳特的Brezel顏色較深，也沒撒那麼多粗鹽顆粒在上面，有一種特殊的風味，因為表面有一層

「Lauge」。我在德國問Lauge 什麼，大部分的人都跟我說：「poison（毒物）。」後來我才知道Lauge是一種化合鹽溶劑，可用在清潔和烘焙上。當地的配方據說是用1公升的水加上5克碳酸氫鈉（即小蘇打）；本來平淡無奇的水溶液塗在麵團上即產生了化學變化而有迷人的風味。除了Laugenbrezel之外，當然他們也把Brezel麵糰作成圓形成長形麵包，然後塗上「Lauge」作成Laugenbrot或Laugenbrotchen。

　　Lauge系列麵包非常結實，不油膩也不掉屑，也許是另一個受歡迎的原因。尤其是Brezel，大人買了隨手拿走，甚至給娃娃車裏的小孩徒手拿著啃，都不會弄得滿手髒兮兮；麵包店裏許多Brezel堆在一起也不會變型或被壓扁，真是一種耐吃又不麻煩的東西。所以那裡買麵包都是用紙袋裝，買多少都用

朋友Frank的女兒Sophie正在吃Laugenbrezel。在啤酒屋喝東西時他們時興把杯墊蓋在杯子上免招昆蟲。

斯圖佳特羅森斯坦公園的啤酒屋

因為*Lauge*不是那麼容易取得，這裡介紹的食譜是阿爾薩斯版的*Brezel*。

材料: 牛奶0.5公升，奶油75克，糖75克，麵粉650克，酵母粉50克，鹽少許。

作法:

(1)0.25公升溫牛奶混合酵母粉，然後加入麵粉，做成麵糰，直到麵糰變成兩倍大。

(2)剩下的0.25公升牛奶加入奶油、糖、鹽，然後加入原來的麵糰，揉成一個新麵糰，靜置30分鐘。

(3)把麵糰揉成手指粗，1.25~1.5m長，做成*Brezel*的形狀。

(4)混合蛋黃、啤酒和牛奶刷在*Brezel*上，並撒上少許鹽，靜置30分鐘後，放進中溫烤箱烤35分鐘。

加了白芝麻的Laugencroissant，0.90歐元

一個紙袋裝在一起，不像我們這裡的麵包每一個都用塑膠袋個別包裝，再用另一個大塑膠袋裝在一起，環保多了。

　　但最叫我著迷的是「Laugencroissant」，顧名思義就是塗了Lauge的牛角麵包，我無意中嚐過Laugencroissant之後，就放棄了西點店裏那些琳瑯滿目的蛋糕，每天早上都堅持吃Laugencroissant。「Zwei Laugencroissants,bitte（跩勞根垮頌，畢特）」，是我依樣畫葫蘆學來的德文，意思就是請給我兩個Laugencroissant。Laugencroissant除了特殊的Lauge風味之外，也不像一般牛角可頌那麼酥脆油膩，我一直到臨上飛機前都不忘跑去買了兩個當寶貝帶著。

　　除了Brezel之外，5年前我造訪德國科隆（Köln）時，曾買過一種小盒甜點，甜點大小就像小餅乾一樣，做得相當小巧細緻，嚼起來卻不似餅乾那麼硬，口感很特別。雖然價格略貴，卻讓我印象鮮明，一直沒有忘記這種甜點。

*光是吃Brezel還不夠，去了德國
之後我還把Brezel戴在身上。我
們住的街上，有家叫Peter
Bainczyk的金屬手飾打造店，櫥
窗展示了許多小飾物，其中也有
Brezel墜子。我訂了一個8K金、
1.6公分Brezel項鍊墜子。*

可惜我沒有記住它的名字，所以始終不知道怎麼稱呼。

　　這次再訪德國，我一吃到條狀裹著巧克力的Marzipan
之後，立刻就知道這正是當年我難以忘懷的小甜點。
Marzipan這種甜食，杏仁含量幾乎高達百分之五十，其餘
成分則是糖和奶油，因此被歸為糖果類，保存期限相當
長，有各種形狀，也常做為巧克力的夾心，在當地也是很
受歡迎的零食。

*櫥窗裏擺了好多
小東西，叫我老
想湊過去瞧瞧。*

杏仁味濃厚的*Marzipan*造型很多，最常見的是條狀外面裹了巧克力的。也有動物造型的，不過並不常見，我只看過浣熊和粉紅豬。

　　離開德國不到一個月，我就發現日本的星巴克有新產品，居然正是Laugencroissant，讓我十分高興。日本的售價並不便宜，一個售價157日圓（約合台幣40元），差不多是德國當地的1.5倍，但通常還是很難買到，常常早早去了也只能望著櫥窗裡的空盤子興嘆。

　　但很幸運的，我們出勤飛到日本，停留名古屋時住的飯店一樓就是星巴克。公司派車來接人的時間都很早，早上7點40分就到飯店，我都會更早一點下來，把3個Laugencroissant一口氣都打包帶走——要多也沒有，每天每店只有3個。

　　Lauge系列的麵包並不能久放，大概只能放一天，之後會變得很硬，難以入口，在德國斯圖佳特時Maria都會把

偶爾吃不完變硬的Brezel用繩子串起來，吊在窗口當裝飾品。

　　然後是更後來的最近，Vitas發現天母一家麵包店居然有賣Brezel，也有Laugencroissant！而且每個只要28塊台幣，比德國當地還要便宜（因為最近歐元匯率直線上漲）。雖然他們的Laugencroissant烤得有點太焦，但我還是經常去光顧，撫慰我的德國味蕾。

這家叫溫德烘焙館的麵包店兼咖啡廳，老闆是叫Wendel的德國人，有販賣用胚布做的可愛環保袋，上面畫了一個大Brezel。

溫德烘焙館
台北市中山北路六段161號
TEL：02-28314592

Bäckerei · Café
Wendel
Chung Shan N. Rd, Sec 6, No.161
Tienmu · Taipei
Tel.: 02-28314592

在德國吃德國菜
Dining in Germany

　　這次在德國足足待了三個星期，因為時間很長，雖是來玩，也像是尋常過日子般，沒想要趕著去做什麼。到了最後一週，因為意識到即將要離開這熟悉的一切回台灣，出去吃飯時我都會提議去吃德國菜。比較印象深刻的餐廳有兩家，一家是在斯圖佳特的Weinstube Fröhlich（快樂餐廳），一家是在Tübingen的Forelle Restaurant（鱒魚餐廳）。

牆上的畫，看來畫的也是這位迷人的女侍。也許她根本是這裡的老闆也說不定。

　　快樂餐廳在斯圖佳特的花街上，街上並沒有一大堆炫目到反而使人覺得寂寞的霓虹燈，只是街頭到街尾老是有穿著奇特的女人用異樣的眼神瞅著行人看。快樂餐廳的裝潢很簡單，甚至連桌布都沒有鋪，卻讓人覺得很舒服。來這裏用餐的客人，大多也都溫文有禮，穿著舉止迷人。這個不算小的餐廳，唯一一位負責招呼客人的外場服務員更是深深吸引我的目光，除了她俐落熟練有禮的招呼外，我也很欣賞她的打扮，頭髮高高挽起，那黑色的露背裝更是優雅又不嫌累贅……我一邊用餐，一邊盡量不著痕跡地用數位相機亂拍，但她移動太迅速了，我只得到有效照片兩張。

　　當晚除了22歐元的德國Mosel白酒一瓶外，我們點了兩道毛塔薰料理。一道是很簡單的湯，叫「Rinderkraftbrühe mit Maultaschl」，是將一份切成數塊的大毛塔薰加上巴西利末（parsley），放到

焗起士毛塔薰佐時蘿醬汁，還有烤過的大黃瓜片片。

在快樂餐廳吃的甜點。

清雞湯裏煮；另一道則是「Maultaschen gratiniert mit Gorgonzola auf Zucchiniragout」，就是焗起士毛塔薰佐時蘿（dill）醬汁，下面還墊了烤過的大黃瓜片。兩道都非常好吃，當然也比最常見的煎蛋毛塔薰更適合作爲高級餐廳的菜色。愉快用完正餐之後很想吃德式蘋果蛋糕，沒看菜單就請Vitas幫忙點，沒想到送來的卻是撒了糖粉和肉桂粉的炸蘋果加香草冰淇淋。

雖然不知道那道甜點多少錢，但結帳時我覺得她好像算貴了。歐洲人算數不是頂好，很多地方又不用計算機，我們在德國和法國旅行時，很多餐廳和咖啡廳都是由侍者們拿著一個多層黑色皮夾來跟你算錢，算錯的機率還不小，所以自己可就要張大眼睛多注意了。

遨遊在加拿大的天空
Cruising in Canadian skies

　　從沒在出國旅行時吃壞過肚子，沒想到這次去北美居然就吃壞肚子，小小的病了一下。

　　其實從台北出發的早上就覺得肚子好像不對勁，但一切還好。台北飛香港時因為太睏，所以沒吃機內供應的三明治，下午四點多，飛機從香港起飛後，才剛吃了空姐送來的機內餐沒多久，立刻頭暈目眩的去洗手間報到，之後服用了跟空服員要來的藥，但始終沒什麼生氣。

　　晚上10點多鐘抵達多倫多，很快的睡了，隔天一早量了體溫，發現有點發燒，跟Vitas、Jen和David一起去吃早餐前又去藥局買藥。他們的習俗是拉肚子的人應該吃烤焦的土司，我不太有食慾，卻渴得不得了，連喝了兩杯400cc.新鮮柳橙汁，然後跟大家一起去了畫廊，但我只是非常沒出息的坐在畫廊沙發上，不想移動。

每次一個人在香港機場轉機，因爲無聊在
等待的兩三個小時裡，我總是會逛機場的
免稅店，並消費不少。赤蠟角機場有相當
多的名牌精品店，雖然有些已經不敵低靡
的景氣而關門易主了。這次的戰利品是
GUCCI竹節包。

喝早餐茶時總是加一大堆鮮奶
的David，展示他用完的和還沒
用完的鮮奶球。在多倫多時
David老是會幫我收集咖啡廳和
餐廳的名片、菜單；逛街時
David還會幫我找他覺得我會喜
歡的商店。果然，我鑽進他介紹
的糖果店，買了不少糖果，並且在Jen打工的情趣用品店
「Good For Her」買了一本介紹性器官
的圖畫書《The Clitourist》。

這本《The Clitourist》有很棒的
插畫，插畫家是Trisha Krauss

Betty Boop 的糖果項鍊。

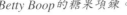

正在幫我把行李放進機艙中的Don

　　之後回David家收拾行李，另一位朋友Don Leuschen開飛機來接我們去小鎮Sudbury。搭飛機是很開心，但近看這只有一個螺旋槳的飛機，就開始覺得可能性命難保。因為比起我們一向搭的波音747客機，這小小4人座的飛機真是非常陽春。Don說這飛機載了我們三人之後，只能再載140磅重的行李（剛出國門，我的行李當然沒這麼重）。我們上了飛機，戴上耳機，一切都準備妥當之後就出發了。飛行高度是6500英呎，看地面一切的東西都還很清楚。Don很稱職的介紹下面的多倫多市，以及機上儀表的功能，還有我們即將通過的雲層。開車去Sudbury須費時5個小時，

而Don預計只需飛行2個小時。升空後20分鐘，我已經因為不舒服而放棄看風景。又覺得頭上耳機太重，罩在耳朵上也太緊，想把耳機拿掉，卻發現若不戴耳機，耳朵可能會被螺旋槳驚人的噪音震聾。而且不但聽不到塔台傳來的訊息，機上其他人說話也很難聽得清楚，當然我說話他們也聽不分明，只好繼續戴上這令人很不舒服的耳機。30分鐘後，我迅速找出暈機袋開始嘔吐，15分鐘後又再吐一次。Don說沒有雲層了之後，果然我又可以欣賞美麗的風景，不再為暈機苦惱了。我們正在飛越的忽倫湖（Lake Huron）是北美五大湖之一，十分寬廣。加拿大有很多湖泊，Don的另一架水陸兩用機，就停在他家後院的湖裡；冬天湖水要是結冰，就裝上機輪以便陸上或冰上使用。

兩年前我到Sudbury時，本來Don也邀我們搭飛機去附近一個小島洗三溫暖，但因天氣忽然變壞，沒能成行。Don和另一個玩帆船的朋友一樣，滿口天氣經，他們談天氣當然不是那種社交場合的禮貌話題，而是為了嗜好，長期的注意和累積，所以我們也樂得有現成的天氣預報。

到了Sudbury機場，下了Don的飛機之後，我發現我又可以蹦蹦跳跳了，可能是胃中讓我病懨懨的東西都吐出來了，所以我終於恢復了精力。後來我們去了Don家，在湖

Don和我在他的私人飛機中，正在準備起飛。下機後Don問面有菜色的我平常搭機也會吐嗎？「從來沒有過。」我斬釘截鐵的回答，大型客機的穩定度高多了。

邊Don新買的船上喝東西，雖然覺得好多了，晚上還是不敢大意，沒跟大家一起吃烤肉。

　　隔天睡到近正午才起來，吃了兩片蘇打餅乾和幾顆櫻桃之後，立刻覺得整個人非常不舒服，回房間躺下來，一邊想著這居然被蹧蹋的假期，如果因為這樣的小病病逝在文明的加拿大，也未免可笑。在台灣早就去掛號看醫生了，誰有時間躺在床上？不如去有藥師的藥局試試……想著想著也許是沒那麼不舒服了，就不知不覺睡著了。

　　下午四點多Vitas來叫醒我時，我已經覺得好多了，並且餓得不得了，於是開車去甜甜圈店Tim Hortons大吃一頓。後來晚餐時我又吃了嫂嫂Margie做的有點油膩的義大利千層麵，也沒事，病了三天之後居然莫名其妙的痊癒了。

　　曾有一個加拿大朋友因為食物中毒，沒找醫生在家裡躺了十八天，狠狠的瘦了一圈之後，才終於康復。這種讓

身體自癒能力去抵抗病菌的作法也許不錯，但我畢竟因為
長期生活在忙碌、擁擠、凡事爭先恐後的都市，已經有了
急躁的生活步調，很難放任自己在家不好不壞地病18天。
看來中西文化對生病的態度也大不相同呢。

可愛的胡椒粉包
有許多小花。

Tim Hortons 是我們在*Sudbury*常去的連鎖甜甜圈店。賣的主要
是甜甜圈和瑪芬蛋糕（*muffin*），也有三明治簡餐和其他甜點。
除了甜甜圈和瑪芬蛋糕之外，我也常常點附有麵包的雞蓉湯，
當然要加一大堆胡椒粉才過癮。

聽爵士樂的紐約夜晚
Jazz in New York

去紐約時總是不忘去百老匯看一場音樂劇，1994年第一次去紐約時看了「悲慘世界（*The Misérables*）」（其實我們原屬意歌劇魅影，但買不到票），1999年再去時，又看了「西貢小姐（*Miss Saigon*）」。

這次因為同行的Vitas對音樂劇不那麼有興趣，所以提議去聽爵士樂，我也喜歡爵士樂，但對音樂並不在行，所以委託他全權處理。他很快的就在紐約街頭隨處可得的免費小報「村聲（*The Village Voice*）」上，找到西44街上的「Birdland」。

Birdland的爵士樂演奏有9點、11點兩場，我們預約了9點的場次，每人有50美金的最低消費。去之前我們已吃過晚餐，雖然我們知道Birdland也有供餐，但我們猜想以

免費報紙「村聲」上有各種關於紐約的即時新聞。每週三發
行，可以提供更多資訊和參與的機會。多倫多也有幾份類似的
城市免費報，較受歡迎的是「NOW」。

現場音樂作號召的餐廳，東西應該不怎麼好吃，所以我們
點了一瓶紅酒之後，就很專心的融入音樂之中。小喇叭手
Jon Faddis是主角，另外有鋼琴手、貝
斯手和鼓手搭配，那麼近聽現場爵士
樂眞是很棒的享受，說如癡如醉絕不
誇張；演奏中有鄰桌的客人點了義大
利麵，食物的香氣引誘我們看了一
眼，我們不約而同的覺得Birdland的
食物看起來比我們想的好得太多
了，應有高級餐廳的水準。

　　除了鋼琴手David Hazeltine是
白人之外，很可愛的捲捲頭鼓
手E.J. Strickland和小喇叭手Jon
Faddis都是黑人，理了光頭的貝
斯手Kiyoshi Kitagawa顯然是個
日本人——這讓我覺得除了

其實我並不覺得自己方向感不好，但卻常常在紐約搞錯方向。有一次我和Edica逛街，跟Vitas約在沒幾條街之外的一家outlet見面，應該很近，我們兩個卻越走越遠，後來實在走不下去了，又怕被Vitas揶揄女人天生方向感不好，只好進地鐵站搭地鐵趕去。這手錶附有指南針，配上地圖應該管用，但我不明白為何有時仍會迷路？

音樂無國界之外，有才能（特別是手藝，如樂手、廚師、美髮師）的人走到哪裡都不怕找不到工作。

　　可能是那天預約11點場次的人不多，9點那場結束後，前來結帳的小姐告訴我們可以繼續聽第二場不另收費，我們於是又留下來聽第二場，後來因為還要搭計程車到中央車站，趕最後一班火車回Edica在康乃狄克格林威治的家，我們只聽到12點25分就準備離去。Vitas負責買單，我和Edica怕擋到後面的人，便彎腰弓身、躡手躡腳走出去。結果走到門口發現台上的小喇叭手也學我們弓著身體朝門口走了過來，我們哈哈大笑之餘，決定也把他一起帶出去，不過他一轉身又回台上繼續表演去了。

　　外面這一區的紐約依然車水馬龍，要不是Vitas也在，說真的我從沒這麼晚了，還敢在街頭欣賞紐約的夜。

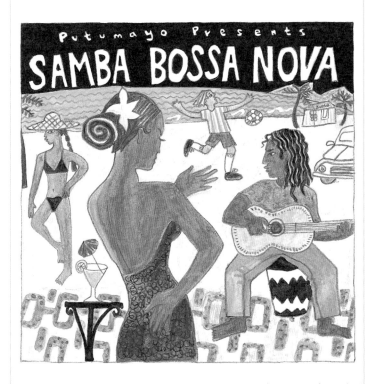

我是個不懂音樂的人，對音樂的見解停留在喜歡和不喜歡的原
始階段。爵士樂和*Bossa Nova*對我是安全音樂，也就是八九不
離十會喜歡的音樂。其實簡單的說，*Bossa Nova*就是巴西森巴
樂和美國爵士樂的小孩。

這次在紐約，剛好遇上某博物館的附屬商店有部分商品在打
折，於是買了這張*Bossa Nova CD*，雖是打折品還是超過10元
美金，談不上便宜。

上西城咖啡店一景
Sarabeth's

Sarabeth's
423 Amsterdam Ave.
New York NY 10024
TEL：212- 496-6280

　　陪Edica去上西城的Zabar´s買咖啡豆，Zabar´s是一家兼賣食材的廚房用品店。我也順便挑了香料和烤模，這種最新的烤模，是用一種新材質silicone製成的，是一種耐熱防水的合成樹脂，質感像軟橡膠。去年在歐洲我就看到這種新烤模，但是都不敢買。因為我實在不明白為什麼這樣的東西可以放進數百度高溫的烤箱中而不融化。

　　在Zabars斜對面的Sarabeth's餐廳十分有名，東西好吃但價錢可不便宜，卻仍常座無虛席，若沒預約訂位，要用餐就需要小等一下。餐廳裡除了幾名日本觀光客之外（因為某日文導遊書有介紹），大多是30歲左右的紐約上城人

士，雙人桌的流動率相當高，可能是趁上班空檔約人出來。奇妙的是現在上城似乎流行「黑白配」，即白人男性與黑人女性搭配的情侶檔，坐在我們隔壁的正是這樣一對璧人。一邊品嘗美食，一邊聽他們時而英文、時而法文的談笑，真像是好萊塢浪漫喜劇的場景。

Zabar's買的披薩用香料，是用一個可愛小陶瓶裝起來的。成分是：披薩草（Oregano）、牛至（Marjoram）、百里香（Thyme）、羅勒（Basil）。

旅途中的狗
Puppies

日本多用加拿大拉不拉多犬當導盲犬，而加拿大的導盲犬則大多是德國牧羊犬

　　空服員的班通常不很固定，不固定禮拜幾休假、不固定飛哪裡、不固定飛幾天。班長班短，在當地過幾夜也都是隨著公司的飛機調度、飛行班次，而多有變更。

　　謠傳名古屋兩夜班就飛到這個月了，因為談不上喜歡這個城市，所以大概也不會專程來玩，那麼出勤而飛名古屋的這次，應該就是最後一次我可以悠哉的在名古屋吃飯、喝茶、逛街了。出勤這天因為不是星期天，所以也無緣再見到每週日上午三越百貨前，贊助導盲犬募款活動那些米色帶點淡棕色，氣質很好的拉不拉多獵犬了。

　　如果我將來不再做空服員這一行，而且有機會住大房子的話，肯定要養條大狗的；偶爾出現在街上的那些長腿大型狗，你就不知道有多吸引我的目光。

　　日本成田機場、關西機場也訓練同型大狗來緝私，飛到日本過海關的時候，我連牠們走過來聞一聞我的行李箱都會覺得很高興。電影《門當父不對》裏勞勃狄尼洛批評愛狗的未來女婿為「喜歡廉價感情的人」，我相信這是做父親的永遠看女婿不順眼的關係，並非會有人如此形容真誠愛人並喜歡被愛的狗兒們。

　　我偏愛大型長毛犬，很可惜這是最不適合在台北飼養的；要不至少也得有長腿，腿長的狗看起來特別順眼。我常常覺得女人根本不需要男人，但有隻狗作伴倒是

黑色拉不拉多犬比較不常見，日本大阪關西機場和成田機場各有一隻。

在巴黎的公園裏看到寫著「我愛街坊，我打掃乾淨」的牌子下面還附有清潔袋，並且很鼓勵的大大的畫了兩個箭頭，寫了一個「拉」字，我就真的給它拉下一個來瞧瞧，質地很薄的黑色塑膠袋。

在德國，狗狗可以大大方方的走上車，因為狗狗們可是付了車錢的。

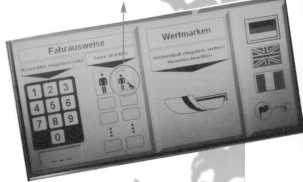

像聖伯納犬這樣的大狗，縱使沒有一身長毛，我都會覺得他們長得一表「狗」才。

不錯。有一種區分你的個性是貓型或狗型的測驗，我這個人很簡單，十足的狗型人。

在巴黎，天氣一好就會有一堆人出來遛狗，通常狗主人喜歡帶狗去的地方，都會供應裝狗大便的黑色塑膠袋，狗狗通常也都很規矩，知道什麼地方是可以跑、可以鬧、可以打滾的，但一去了露天咖啡座就會乖乖趴在主人腳邊。

在巴黎，只看過主人抱著小型犬搭地鐵，但在德國，

「很不幸,我必需留在外面」這種寵物勿入的指示牌在台北到處都是,在德國卻難得一見;日本的標示通常是「導盲犬可」。

類似這種有點捲毛,看起來傻呼呼的中型犬很常見。背景是德國斯圖佳特的一個公園,沒跟主人聊天不能確定,但據我所知,這八成是卡達爾尼亞牧羊犬(Catalonian sheepdog)。我老是會順便打量狗主人,看看是不是真的符合人家說的「什麼樣的人,養什麼樣的狗」,但其實狗通常比人可愛許多。

英國老式牧羊犬或是南俄羅斯牧羊犬這種可以長到60公分高的
長毛大狗是我的最愛，連眼睛都藏在長毛後面看起來像隱士一
樣，一副與世無爭的樣子。比較起來，德國牧羊犬有點太俐落
了一點。

精力旺盛的Gemma橫衝直撞的奔來奔去，根本是牠在遛我，不是我在遛牠。為了出來遛狗，我特地買了牛肉條天天餵牠以連絡感情。2003年再去Sudbury，Kobe居然已經過世了，只剩下Gemma跟我一起出門。

狗狗們好像都訓練有素。德國的地鐵，不但大型犬可以搭乘，腳踏車在非上下班時間也可以搭。主人握著狗鍊子搭手扶梯上下樓，鏈子那頭的狗兒就乖乖爬旁邊的樓梯。逛百貨公司的狗狗更是不計其數，從沒看過隨便奔跑吠叫、行為失控的狗，更別說路上會有流浪犬了；想必這些狗主人都是真心愛狗，也花了不少時間跟狗兒們相處，教狗兒們跟環境相處。這使我非常羨慕，而我因為狀況不允許，還是只能在看到大狗時駐足多看兩眼而已。

　　Vitas的哥哥Jonas住在加拿大安大略省Sudbur，他陸續養過很多狗，是我們親朋好友中唯一養狗的人，他養了一

公一母，Kobe和 Gemma兩隻德國牧羊犬。

　　我原以爲牧羊犬都有長毛，看起來傻傻的，又以爲我千里迢迢跑到這離多倫多北部5個鐘頭車程遠的地方，看到的必是很異國風的狗，沒想到原來所謂的德國牧羊犬，竟然就跟我小時候住鄉下，鄰家被我稱爲狼狗的深色短毛

大狗長得一模一樣。

　　Jonas家一樓廚房直通後院，後院大概有5、60坪那麼大，全是草地，別無障物，這就是平日Kobe（寇比，不是日本的神戶！）和Gemma打滾奔跑的地方。Jonas也真有好耐性照顧這兩隻看似兇猛的大狗，除了家裡有兩個巨型大狗籠之外，處處都是鐵絲網隔間。他的九人座廂型車前面是兩人座位，後面的空間則擺了一個超大鐵籠子，以便他載狗兒去更適合奔跑、伸展的地方玩。而他家廚房因為在狗兒的勢力範圍內，椅子都被啃過，每一張都體無完膚。

　　跟Vitas混熟了之後，原以為可以利用他在我出去飛行

紐約曼哈頓的百老匯大街跟聯合廣場公園之間，有一片用欄杆圍起來的黃砂地是狗狗聚集之處。有隻又瘦又高窄得不得了的俄國狼犬（Borzoi）非常吸引人，大家因此紛紛去跟牠的主人攀談，於是那在攝氏30度的氣溫下還穿黑色風衣耍帥的主人變得比星媽還忙碌，因為這個明星不會自己說話。

的時候幫我照顧狗，這樣就可以實現我養狗的心願，但他老是跟我解釋他不是不愛狗，是這裡的環境不適合養狗。的確也是，台北的生活擁擠而忙碌，只要想想在Sudbury，Jonas的狗兒們，我就會含淚放棄我的養狗大夢，只有期待自己有朝一日可以變成住大房子、而且有閒的人。

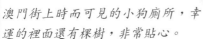

澳門街上時而可見的小狗廁所，幸運的裡面還有棵樹，非常貼心。

在泰國倒是沒看過人牽著狗兒到處遛，可是那裡的狗看起來幸福得不得了，老是在樹陰裡睡覺，縱使一大堆人從旁邊走過，依然是動也不動一下。

空姐快速打包秘訣
How I Pack

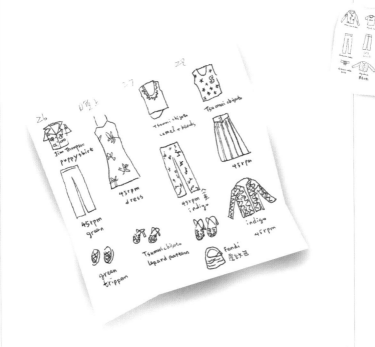

　　我常常把自己穿的衣服簡單畫在小紙片上，一來是衣
服太多，常常不記得自己有什麼，或是打開塞得滿滿的衣
櫥，卻茫然覺得自己沒有衣服可穿。二來是自己每年搭配

的喜好不同，今年這麼搭配的東西，去年可就不一定，翻
一下舊紙片可以提醒自己別的搭配樂趣。三是利用這方
法，出國旅遊打包特快，照著紙片上符合季節的東西打包
就對了。

Part 2

和朋友分享的航空包裹

Crazy About Shopping

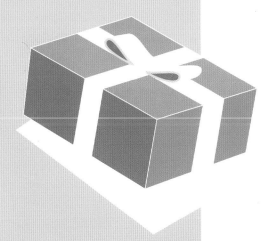

神效噴鼻藥
Runny Nose

2002年7月底到歐洲之前，我打電話給在愛爾蘭都柏林的Yumi，順便問了一下天氣，她說雖然已經7月了，氣溫還是低於20度，簡直冷死了。然後Vitas也打電話給在德國斯圖佳特的朋友，她卻說熱得很，正要去啤酒屋呢。於是本來聽Yumi說很冷的我，已經準備多塞幾件長袖衣服，

4月初在日本過季商店花了8820日幣買來的毛衣，本想11月以前是沒機會穿的，沒想到居然擋不住8月德國冰冷的空氣。

一聽Vitas說斯圖佳特很熱，心想我要
去的是斯圖佳特，那衣服就不用帶太
厚了。

　　沒想到這年歐洲卻天氣反常，有
些地區甚至泡在水裡將近一個月。8
月初去了斯圖佳特，剛開始天氣還
好，跟巴黎差不多，後來卻天天下
雨，雖不像德國東部、東歐和義大
利北部那樣淹大水，天氣卻冷得不
得了；因為太冷，我得了流鼻水不
止症。

*Maria是一個在德國已經
住了15、6年的巴西人，
在德國的三個星期，我
們都住在她家。*

　　不停地流鼻水很麻煩，幾乎沒辦法做任何事，非常痛
苦。因為隨身帶的感冒藥已經吃完了，只好去藥局買藥，
藥局的藥師給我一個噴鼻劑，我直覺她是給錯了，不是鼻
塞，是流鼻水呢，又問了一次。她說沒錯，我半信半疑的
買回家。裡裡外外全是德文，我要Vitas翻譯，結果Vitas用
德文朗誦使用方法，朋友Maria則在一旁用很誇張的動作示
範，兩個人表演得很高興。Maria還說她沒辦法當空服員，
因為如果她在示範救生衣、氧氣面罩的使用方法時，旅客
居然不注意看，她會很抓狂的想去逼他們統統看前面，要

他們不可以忽視這重要的示範。

　　這噴鼻劑果然不得了，一噴鼻水立刻止住，然後每8小時噴一次，我隨身攜帶連續噴了一個星期（對於鼻塞也有療效），然後天氣好轉，我的鼻子也好了。

　　很遺憾忘了去多買幾瓶帶回來，現在我把只剩半瓶的噴鼻劑當寶貝，心裡盤算著要打電話給Maria，託她幫我寄幾瓶過來。

神奇的Otriven噴鼻劑。

水底可用即可拍

Disposable Underwater Instant Camera

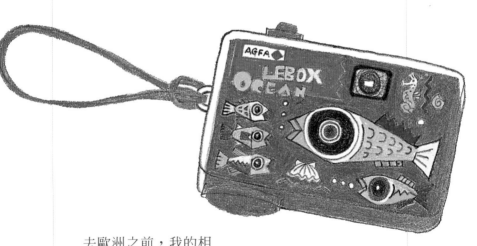

　　去歐洲之前，我的相
機已經在大阪被我搞丟了，暫時沒想要買新的，就
借Vitas的來用。結果到巴黎才三、四天，相機又被我們弄
壞了。因為Vitas幫我拍照，手上拿了太多東西（除了拿這
台相機之外，還要拿一台數位相機、一台錄影機），那無
辜的相機掉到地上，電池的蓋子就被摔斷掉進下水道去

這就是APS相機零件葬身的下水道

了。到了德國後，我們去相館訂零件修相機，Vitas在填表格之際，我在店裡隨處亂逛，看到AGFA這牌子的即可拍相機很可愛，就順便買了一個來玩，7.5歐元（約合台幣250元）。本來覺得有點貴，後來才發現它居然還是可以在水裡拍照的水底相機呢。為了物盡其用，我拿到游泳池裡去拍，回來台灣一個多月了還有點捨不得拿去洗，因為怕會再也見不到這個有一大堆小魚圖案的相機了。

　　德國有很多叫「Freibad」的地方，Freibad指的是室外游泳池，但實際上不單單是游泳池，通常還包括很大一塊區域，可以散步、打網球、桌球、盪鞦韆、烤肉等等，最特別的是還有一區可以讓大家在裡面裸體曬太陽。

　　基本上東方人對裸露自己的身體比較害羞，況且我也

不習慣，所以壓根兒沒打算要嚐試，後來被Vitas的三吋不爛之舌說服了，就決定去開開洋葷。那一區在Freibad邊緣地帶一片修剪得整整齊齊的樹叢圍籬後面，入口處特別拐了個彎，讓外面的人難以偷瞄，還有一個大告示板，上面說明入內須滿18歲，並且不得穿任何衣物。

　　一進去就看到數名躺在躺椅上曬勻比基尼印子、身材火辣的女郎，身上除了白色的比基尼泳衣痕跡之外，早就全都曬得通紅。而樹下有5、6個裸體中年人在下棋，那是整個圍籬內唯一有聲響的地方，其他的人或躺或坐在躺椅

小魚相機在Freibad拍的，我的水裡「英」姿

我的數套比基
尼泳裝只在渡
假時泡水用

上，或閉目養神、看書，或什麼也不做，整個區域安靜得
不得了。

　　我們已經挑了最裡面的角落，但一開始還是很不習
慣，我便拜託Vitas把躺椅拉到樹下，好離大家遠一點，而
且我因為懶得擦防曬油，也不願暴曬過度。躺椅鋪上大浴
巾之後，我只敢趴在上面看書。因為頭朝大家，後面又是
籬笆，感覺好一點。結果只躺了一下下就覺得有點涼了，

只好又把躺椅移到陽光下，克服心理障礙，好好享受起日光浴來了。

　　因為小孩不能進來，結果外面老有小孩故意把球打進來，再跑進來撿。其實裡面的人大多只是躺著，無聊得很，當然談不上好玩，根本不適合好動的小朋友，連我都很快就受不了；好不容易撐了一個鐘頭就穿上泳衣，到外面的游泳池泡水了。

　　國外有許多裸體派別，我不特別瞭解他們的意義，只記得有愛上裸體海灘的人說，裸體去除了一切外在象徵地位或階級的東西，使他們特別感到自在。

這是一雙非常輕薄的運動鞋，適合溯溪、風浪板之類的水上運動。雖然我不做任何水上運動，但我也買了一雙，那完全是「東施效顰」的結果。兩年多前有一次我在商務艙服務，看到一位一身輕便黑衣的小姐腳下搭配了這雙鞋，因為顏色造型很突出，我就一直記得。一次經過名古屋一家鞋店，櫥窗正擺著這雙鞋，我雖知道用不著但還是買了，現在它僅在我每年一度的逃生訓練中派上用場……

巴黎買物
Things from Paris

心型起士模

在巴黎一家叫「A. Simon」的廚具店買到
這種心型的起士模，令人不明白的是為什麼底
部有洞的是5.27歐元，沒有洞的反而比較貴，索
價6.30歐元。這種起士模做出來的起士，吃起來甜
甜的，住在巴黎的堂妹小芳芳說是給小孩吃的。用這種起
士模做起士的時候，要在心型模底先鋪一層紗布，起士凝
固倒出來之後，就是包了紗布的白色心型，看起來非常美
味。

A. Simon
48 et 52, rue Montmartre 75002 Paris
TEL: 01 42 33 71 65

心型的agnés b.

在巴黎agnés b.的嬰兒專賣店，給朋友Corrina家老二買了一雙小鞋，agnés b.的名片和香水，都是簡單的心型。

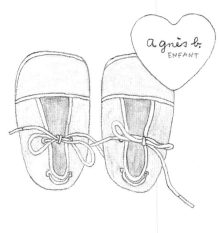

心型起士

小小一塊37.5公克的起士，雖然大約兩口就能吃完，但還是被十分認真地放在心型紙盒裡。

紐約買物
Things from New York

黑色最多人穿，黑網子裡清楚看見了擦了紅色指甲油的腳，的確很紐約。除了黑色、金色之外，還有粉紅色、紅色、紫色⋯⋯等多種顏色。

紐約正in的珠花拖鞋

在紐約Soho區逛累了，坐在咖啡座透明落地玻璃前看外面行人；鮮活的街景，常令我看得出神，紐約就是紐約，她實在有她可以驕傲的理由。第一天在Soho區，待不到一個下午，就看到大約10個路人都穿著復古中國式的珠花拖鞋；連咖啡廳外的小攤都有賣，各種顏色堆得滿滿都是。我湊過去看了一下，覺得材質、做工都嫌粗，所以連價錢

都沒問就走了；沒想到沿著百老匯街（Broadway）往南走，中國城卻幾乎家家都有賣。後來那天傍晚，我告訴Vitas我腳踝好累不想走，Vitas則判斷是我的鞋子鞋跟太高。我出國時因為想減少行李的量，只帶了這雙鞋，所以我已經穿著它連續走了14天了。這時我靈光一閃，決定去買一雙紐約正流行的珠花拖鞋，反正它是平底的。去最近的一家店買，挑了金色的，美金四元。穿上之後我果然恢復了行走的意願和體力。

　　流行實在是一件可怕的事，我並不覺得這雙鞋可登大雅之堂，但一連數天，每天我在紐約曼哈頓都可以看到最少10個人穿這款鞋（尤其Soho最多），之後我就覺得跟上紐約街頭流行是一件很酷的事了。

這是美加21日遊時我穿去唯一的一雙鞋，其實鞋跟也才6公分！

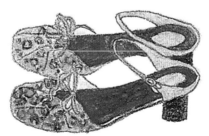

幽默的Camper鞋

　　Camper鞋老是有一些幽默的設計。
但除了西班牙以外，其他地區的定價實在
貴得莫名其妙。幾乎不穿平底鞋的我，在Soho買了復古珠
花拖鞋後，為了走更長遠的路，居然也願意挑一雙順眼的
平底鞋買。131美元，大約比台北便宜1000元。

趁折扣時買Miu Miu

　　這兩年比較少買Miu Miu的東西。因為不是看起來像
是太矜持的公主裝，就是充滿了塑膠或奇怪材質的設計。
這次剛好遇上夏季折扣，但我還是很收斂，只挑了一雙鞋
和一件裙子。

美國品牌Kate Spade的包包

Kate Spade才是道地的美國品牌。Edica家附近就有一家，因爲部分商品打5~7折，我當然就趕快去撿便宜了。

這是一個布製上面還加了一層透明塑膠布的旅行包。拉鍊可完全拉開。裡面也分別用透明的塑膠布來做隔層。任何一起去旅行的物品在打開拉鍊後都可以一覽無遺。

紅遍全球的維多利亞

近來很少在內衣品牌「維多利亞的秘密（Victoria's Secret）」的網站買東西，來到大本營──美國，當然不可錯過。連鄰國加拿大都沒有它的店面或專櫃。我和Edica買得不亦樂乎。店裡有一位40歲左右的帥男，可能是週末來

支援，也在櫃檯前幫諸位
女客包裝結帳，看來有些
靦腆、氣質挺好，不似
其他女店員大方，他
剛好結到Edica的
帳，我們兩個一起膽子就
大了，開始跟他搭訕，讚美
他額頭上一撮白髮很特別，像是
特別請人設計過的。雖然他不像其
他店員俐落，但我們都不介意。

逢人推薦Burt's Bees
Yvonne's Bees

大鬍子Burt先生和旁邊兩隻小蜜蜂的註冊商標。

　　我是美國品牌Burt's Bees的愛用者，因為Burt's Bees的產品，有百分之九十以上的天然成分，還有可愛的包裝、頗公道的價格，非常吸引我。Burt's Bees有數十種從頭到腳的各式清潔保養品，大多數我都用過，還可以如數家珍，幾乎媲美Burt's Bees的店員。台灣也在2002年夏秋之際引進了這個牌子，但價格高得嚇人。

　　這次我重遊美國當然不忘大肆採購一番，並且推薦給朋友Edica姊妹，看我在Edica家附近有機超市努力解說Burt's Bees產品的樣子，Burt's Bees應該好好嘉獎我才對。

　　因為上次捕貨不察，才回台灣兩個多月，愛用品之一

的酪梨奶油護髮膏已快用完。我馬上在網路上訂購，且因
為Burt's Bees網購並不寄到美國以外的地區，所以我填寫
了Edica家的地址，請她當我的中繼站。

Vitas特別拍下他覺得不可思議的瘋狂採購照片。

在國外買書
Buying Books Abroad

　　在香港待了一天，之前一直念著記得去書店逛逛，找些台灣少見的出版品，結果終究是忙於吃喝和四處張望新東西而沒了下文；天黑之後覺得一日將盡才不由得十分懊惱起來。除了中文書之外，還算看得懂的英日文書我都不忘去逛逛，只要有喜歡的通常都會不吝惜地掏腰包買下。

　　根據我的觀察，在台北買書，除了日文書之外，其他進口書的價格其實都不會太離譜，我就曾經不只一次千里迢迢扛回龐然巨書，結果沾沾自喜之餘，不消兩個月後就看到同一本書也在台北的書店中出現，且價格也不見得比較貴。我當場呼吸困難，覺得自己做了一件其蠢無比的糗事──但話說回來，下次在國外遇到心怡的書你說買是不買呢？誰知道國內會不會引進這本書呢？

　　也許有一部分的我跟小孩還是很相似，因為有圖的東西很容易吸引我。說到圖文書，我想介紹一下一位日本女

作家——山口麗子（山口れい，Yamaguchi Rei）。她的作品多半是關於她自己在法國的生活，以及如何動手DIY。在家裡無聊時我開始畫起自己收藏的鞋子，也多半是受了她的影響。

大概是寫了太多關於法國的書，從1993年出版的第一本書《パリの暮らし　私の暮らし》（巴黎的生活，我的生活）開始，到最近的一本《アルザス大好き》（我愛阿爾薩斯），居然都是由法國觀光局和法國航空贊助的，想必是她多年的努力也為法國贏得了更多的日本觀光客吧。

人生機緣誰知道呢？就像我當了10年空服員之後居然也寫起圖文書來了呢！

日本的outlet過季商店
Osaka Outlets

現在日本商品滿街都是，已經不再令台灣人寶貝稀奇了，日劇早在10年前就紅遍台灣，而拜日劇之賜，連日文大家也都能琅琅上口。神通廣大的哈日族對日本事物更是如數家珍、瞭若指掌，很難說有什麼關於日本的東西對我們是真正陌生的。

不過，談到日本的outlet過季商店，我相信知道的人就不多了。有一個叫「Rinku Premium Outlet」的過季品商場離大阪的關西機場很近，如果你在大阪轉機，想找地方消磨時間的話，非常適合前往。由關西國際機場搭乘南海本線「空港急行」、或者JR阪和線「關空快速」到「Rinku Town」站，只須一站，大約5分鐘就可以抵達。這個outlet商店蓋得像雙排兩層樓教室一樣，大概有近100個單位，用品牌區分，獨立販售。有時候我會去撿撿便宜，剛換季的1月和7月商品較多，一般來說，售價是原價的3~5折，

雖然便宜但要花時間耐心挑選，幸運的時候甚至可以用6折買到當季瑕疵品。

　　逛累的話，這裡有星巴克咖啡；在日本很受歡迎的「Cinnabon」，專賣的美味肉桂卷麵包；餐廳也有幾家，有賣義大利麵和披薩的，也有賣和食的，口味都不錯。也有一家叫「黃花」的餐廳專賣中國菜。而風格簡單、窗明几淨的時尚咖啡館這裡也有一家，叫「Flags Café」，是飾品店「4℃」開的。這家咖啡店的午餐套餐，紅黃椒拌香腸的橄欖油義大利麵、還附烤鮭魚和咖啡，很不錯，我喜歡在這裡悠閒的點餐來吃，看那些不知道為什麼一天到晚想減肥，只點一大盆綠色生菜沙拉的日本女生。老實說日本女生並不一定特別會穿衣服，倒是看得出來花很多時間整理頭髮。

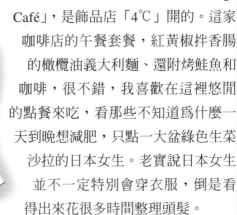

用8500日幣（合台幣約2300元）買到的這件透明白色棉質薄上衣，是日本設計師津森千里（Tsumori Chisato）的當季瑕疵品。但它的瑕疵僅僅是附上的內襯背心，右側肩帶內外縫反了。對外觀完全沒有影響。

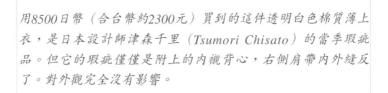

日本的貼心染髮劑
Handy Hair Dye

　　以前還好，當了空服員兩、三年後，頭頂上和靠近兩鬢的地方，就莫名其妙的快速冒出白髮，幸好我長得不矮，不坐下來還不容易嚇到人。

　　再老一點的話，我其實不在乎一頭銀髮，但現在我這臉孔配上一頭銀髮實在是有點唐突，所以我需要定期染髮；為了染髮枯坐在美容院裡4、5個鐘頭實在是令人非常不耐煩，因為不想再受這種折磨，我只好開始自己動手染髮。

　　日本人喜歡DIY，我沒上街去找尋，只在公司東京的辦公大樓附設的福利社採購，就輕易發現一整排的染髮劑，有8種顏色可以挑選，我選了一款「honey brown（蜂蜜般的褐色）」，回飯店試，設計非常體貼，瓶子甚至附有刷頭，很方便使用。

　　等了30分鐘把染劑洗掉後，發現黑頭髮被都染上了所

謂honey brown的顏色，但頑強的白髮則依然是白髮，絲毫沒有改變，這雖然讓我很喪氣，但體貼顧客的日本人不可能不為白髮族設想吧？過了不久，我果然又發現標明「白髮用」的牙膏狀染髮劑。

　　我絕非哈日族，但我不得不承認，日本的產品設想得比較週到，像染髮劑裡不但附有梳子，還有手套、防污塑膠布和不小心沾到皮膚時用的清潔劑等等。另外，除了染髮劑之外，還有眉毛脫色劑，讓妳換了髮色之後，眉毛也可以換成較接近不再是黑色的新髮色，真是嘆為觀止吧！

　　用日本DIY染髮劑染髮時一定要注意，讓染劑在頭上稍微留久一點，通常說明書會說15到20分鐘就可以洗掉了，但其實日本製的染髮劑都很溫和，大部份的染髮劑15分鐘是上不了色的，需視個人髮質加長時間。

把1劑倒入2劑搖勻後，直接在頭髮上來回刷勻就可以了。

後來因為福利社的白髮用染髮劑常常缺貨或缺顏色，我幾乎沒什麼選擇，往往有什麼就買什麼，換換顏色倒也很新鮮。最近陰溝裡翻船，買了一個盒子上說明是帶綠色調的明亮栗色，但染在我頭上卻成了十足的黑色。我這懶人給自己染髮，一向是只染靠近頭皮的10公分，又因為頭髮已經長過腰了，離頭皮太遠的部份營養不良，顏色都褪得比較淡，所以之前我的頭髮看起來可笑得不得了，由根部的黑色到尾部的乾枯黃色，只希望有空能趕快去美容院整理一下，因為我已經舉白旗投降了。

白髮用染髮劑附有造型奇特的梳子一支，說明書上有彩色圖片說明如何使用這支梳子：染兩鬢時，將染料擠在梳子邊邊上，染其他部份時，染料則擠在梳子中間，然後均勻梳在頭髮上。

彩妝品牌Paul & Joe

Anna, Paul & Joe

Paul & Joe 粉底
5色，各4900日幣
粉心3000日幣
粉盒1500日幣
粉撲400日幣
外稅5%

前一陣子我很驚訝的發現Anna Sui的粉盒幾乎人手一個。本來買東西就是這樣，需要、實用、價錢和美觀大概就是一般人購物的考量。粉盒是常常被掏出來展示的小盒子，地位何其重要；Anna Sui的設計的確很不一樣，用了大量玫瑰、蝴蝶，非常漂亮而浪漫，價格也只是一般而已，怪不得引進台灣沒多久，市場佔有率已經很高了。大概是台灣的消費能力一向不差，所以新品牌一個個引進來，要說買不到的東西真是少之又少。撞粉盒雖不像撞衫那麼尷尬，但5、6人同

時挑出一樣的粉盒倒眞是有些好笑，爲了不再用像制服一般的Anna Sui粉盒，法國彩妝品牌Paul＆Joe一在日本上市，我就立刻去光顧了。

Paul＆Joe的設計師是法國人Sophie Albou，但產品卻是日本製造，日本首先發行；目前只有東京新宿及大阪難波的高島屋百貨公司有販賣。

粉餅不好買，不在臉上試顏色通常沒辦法選對，顏色一旦差了一點，擦在臉上就像戴了面具，或像藝妓或小丑。日本的化粧品專櫃小姐通常會徵求你的同意，幫你卸下臉頰一部份的粧，然後幫你依膚色挑選顏色，挑好顏色後還會非常體貼的幫你把卸了粧的部份重新上妝，服務極好但程序繁瑣費時。Paul＆Joe備有各色的粉餅試用品，非常大方地讓人帶回家試，絕對讓你挑到適用的顏色，而且用起來服貼自然不厚重，非常令人

滿意。

　　你能期望空服員這工作有什麼回饋？就是趁著工作之便多看、多體驗、多吃、多買罷了。

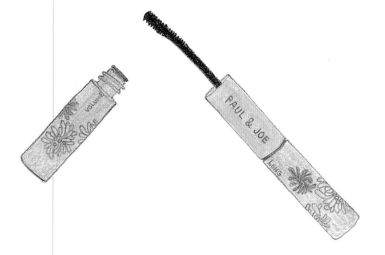

SARS疫情發燒的時候，空服員也依規定戴上了口罩，這樣一來，看到的只有眼睛，於是，其他化粧品都可省略，但眼睛就需要好好上妝。Paul & Joe 2003年新品「雙頭睫毛膏」可做出假睫毛一樣的效果，使睫毛變得又粗又長，睫毛膏一頭的刷毛像尋常睫毛膏一樣是加長的，另一頭硬硬的尖齒小梳是增量的。果然，被梳過的每根睫毛都產生戲劇性的變化，效果超神奇，有黑、棕兩色，值得購買。

北海道限定美食
Snaking in Sapporo

　　距離上一次去北海道已經3年多了，這次我被排到一個札幌包機的班，才終於又有機會去北海道；比起自己來玩，這次當然是陽春許多，不過我還是得到令人羨慕的一整天空檔。時間有限，沒法跑太遠，只能吃吃喝喝逛逛買買。

　　北海道以乳製品、拉麵和海鮮聞名，其中又以冰淇淋和鱈場蟹（tarabagani）最讓我著迷。很有名的五色冰淇淋，由上往下的五層分別是淡紅色的紅酒、橙色的香瓜、紫色的薰衣草、白色的北海道特濃

紅酒
香瓜
薰衣草
北海道特濃牛奶
抹茶

牛奶和綠色的抹茶，不管味道跟顏色都非常迷人。上一次吃五色冰淇淋是冬天，但我和同事Renee還是一人買了一支，在下著大雪的小樽邊走邊吃，結果一邊舔著似乎是越

鱈場蟹一般是吃它的長腿，味道非常鮮美，但那對大箝子的肉卻有點嫌老，也一樣著名的毛海蟹則因為全身覆滿了羽狀的毛，看起來實在有點怪，讓我居然不敢動手吃它。

吃越大的冰淇淋，一邊慌張的在天色已半黑的大雪裏找回去的路。不過，吃冰淇淋是不需要分季節的。

1992年秋天我和我媽曾一起自助遊北海道，當時因為看了作家渡邊淳一筆下的人物常選擇支笏湖結束自己的生命，所以我決定無論如何一定要去瞧瞧支笏湖的真面目。事隔多年，支笏湖的印象已經模糊了，但支笏湖畔的小店有賣非常美味的南瓜冰淇淋，我卻一直都記得。

紅遍台灣的拉麵並不吸引我，但因為是名產總得嚐嚐，所以這次在札幌狸小路的拉麵館裏，我便點了辛味噌拉麵。看起來很辣，湯頭呈橘色偏紅，像泰式海鮮湯的顏

色；結果，湯居然不辣，倒是鹹得不得了，雖然有點「下品」，但我還是偷偷的倒了半杯水進去，結果還是鹹，只好一不做二不休的把剩下的水全都倒進去，沒想到那拉麵真是厲害，還是鹹得沒話說。另外店裡看起來很新鮮、引人口水直流的蒜泥居然也是中看不中吃，不管加了多少都不辣，也絲毫沒有蒜味，我想大概是因為日本人多半不太能吃辣的關係。

　　北海道出產的甜食、餅乾通常只能在北海道買到，北海道以外的地區除非剛好有百貨公司正在舉辦北海道食品展，否則並不太容易購買。最聞名的首推「白色戀人」巧克力夾心餅乾，「白色戀人」在北海道已經到了隨處可見的地步，包裝盒上有附有食譜，稱這餅乾為「貓舌頭」；另外，這兩年「六花亭」的產品也很受歡迎，像紙製圓桶裝的脫水草莓裏白巧克力，還有名為「バターサント」的奶油葡萄夾心餅，都是人氣甜食。我的朋友Lica一聽說我要去北海道，立刻指定我給她帶6盒バターサント奶油葡萄夾心餅回來。

北緯43度正好通過北海道的札幌和釧路，
所以札幌的千秋庵製果公司就出產了這種
以北緯43度爲名的優格煎餅。

千秋庵的各式甜點

六花亭的「バターサント」

航空郵寄給朋友的
墨魚速食麵
Sending Squid

日清墨魚義大利即食麵。一上市很快就斷貨了，同系列還有鱈魚子和鴻禧菇義大利麵，都是很特別的口味。

　　第一次吃墨魚麵，是10年前在關島一家日本連鎖餐廳，叫Capricciosa的義大利餐廳；義大利麵一上桌，黑色的墨魚醬汁把麵條都染黑了，看起來有點可怕，但吃起來滋味倒是不錯。不過，吃過墨魚麵之後，口腔、嘴唇還會帶點黑色，令人有點尷尬。後來在很多地方，甚至台北都常吃到，也就不覺得稀奇了。又因為吃完墨魚麵之後非得注意殘留在嘴邊，甚至在衣服上的墨汁，實在是有點麻煩，所以出去吃飯的時候並不常點墨魚義大利麵。

*Joso's的名片相當漂亮。餐點賣的是地中海風味的食物；在多
倫多，Joso's蟬連多年的top1，以美味、高價著稱。*
Joso's
202 Davenport Rd, Toronto, Ont, M5R 1J2
TEL: 416-925-1903

　　去年夏天在多倫多的Joso's餐廳跟朋友們一起吃飯，沒
想到很會做菜也很懂得吃的老多倫多David推薦的「很特
別的東西」，居然是墨魚麵。他說在多倫多很少地方吃得
到，材料也很難買。我想起在日本、香港逛街時，食材
店、超市都不難發現各式墨魚麵調理包、調理罐、小包墨

魚汁,甚至還有吃了不再讓你有一張墨魚嘴的黑色墨魚義大利麵條,我還在日本買過墨魚汁法國麵包和墨魚汁包子呢!台北應該也不難買到,而多倫多可是北美第四大城,居然會覺得墨魚麵稀奇?後來,只要看到黑色墨魚汁產品就會想起David,也陸續給David寄了幾次包裹。

　　年初在日本發現一種碗裝墨魚義大利即食麵,外表跟一般泡麵沒兩樣,我買來試,真空包裝的煮熟義大利麵和墨魚醬汁調理包,都只要過過滾水就可以吃了,而且裡面還真的有墨魚呢,滋味彎好,239日幣一個(合台幣70元),價格不壞,當然,我也寄了兩個到多倫多給David。

我在Joso's幫同去的David和Jen拍的照片。

完全走樣的珍珠奶茶
Pearl Milk Tea in Japan

也許東西飄洋過海之後就很難道地吧。在日本的便利商店居然看到230g小杯裝，標榜「台灣茶藝館」的珍珠奶茶。雖然只是小小一杯珍珠奶茶，但能在海外看到「台灣」這兩個字，還是很高興，好像終於揚眉吐氣的感覺。沒想到買來一喝，才知道果然是「橘逾椎為枳」，所謂的「珍珠」，吃起來有點脆、反而比較像椰果——這哪是粉圓嘛！

我們台灣的珍珠奶茶哪有那麼難喝！

Part 3

還想當空姐嗎？

Do You Still Want to be a Flight Attendant?

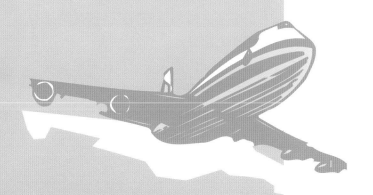

飛機上的聖誕節別針
Christmas Wreath Pin

　　很喜歡聖誕節的溫暖歡樂氣氛，小時候住在鄉下，認識的人都不過聖誕節，只有同學間會互相寄送應景的聖誕卡，而我連聖誕卡上那一堆搞得到處晶晶亮亮的銀粉、亮片都很喜歡。現在身在都市，不管過不過節，大概聖誕節前一個月開始，就可以從飯店、百貨公司那些充滿聖誕氣息的裝飾，感受些許氣氛，每到這個時候，總是讓我不由得開心起來。

　　當空服員的頭幾年，仍在熟悉環境的緊張中，無暇他顧，後來才注意到12月中，好多空服員都會在胸前別上具有聖誕氣氛的小別針，像是聖誕老公公、麋鹿等等，最多的是聖誕圈，後來我也共襄盛舉的每年都找一個來別。

更後來才知道為什麼他們戴的幾乎都是一樣的，原來就在公司大樓各入口處有警衛駐守的地方，都有一個裝滿聖誕別針的罐子，投一點錢進去，就可以然後挑一個別針。花色大約是兩年換一次；11月時辦公室裡也會有準備好的別針材料，想做的人就可以帶回家做，在限定日期之前做好交回來。

去年我終於不怕麻煩的也拿了一包材料回家做，上面標明12月10日以前送回，想是有點難，我其實猶豫了一下。去年的樣式，是一樣的彩色珠珠串成的聖誕圈，因為顏色和材質的關係，看起來其實有點「ㄙㄨㄥˊ」，但是一堆人都戴了一樣的，似乎就好看許多，我挑了跟去年不同顏色的，做起來居然意外的順利，比想像中簡單，大約15分鐘就可以完成一個。

交回去統一收齊之後，想要的人就捐點小錢拿一個去戴，得來的錢則會拿去贊

助聯合國兒童基金會（Unicef）。

在家忙這些東西，做著做著似乎就上癮了，決定過兩天去日本要去「La Droguerie」手藝材料店採購點有趣的東西回來DIY。

在「La Droguerie」買過字母珠子和各式各樣的小飾品、亮片、細皮繩，我曾自己加工做手機吊飾和水晶髮夾，也編織過珠包，這裡的配件和工具可說是應有盡有。

日劇中的空服員
Flight Attendants
in Japanese Dramas

　　松島菜菜子主演的日劇《大和拜金女》播出之後，一些不太熟的朋友紛紛問我：空姐真的都是那樣嗎？喜歡有錢人愛買名牌？我覺得那只是編劇選了空姐這職業給女主角增加戲劇張力罷了，其實在其他職業裡，每個辦公室裡也都難免會有一、二個愛買名牌的人，那只是個人嗜好，跟職業並沒有絕對的關係。

　　但日本肯定是一個人人（說人人太過份，但比率絕對很高）崇尚名牌的社會，很多人都帶著路易威登包上飛機，或者直接用來當拖運行李，還有很多年輕人為了買名牌而負債累累。台灣一向有哈日風，哈名牌這一點也學了不少。

　　我去法國的時候，也去巴黎路易威登旗鑑店朝聖了一下。大部分的顧客都是東方人，帶著路易威登包的靚女在台北及日本街頭隨處可見，但在歐洲卻屈指可數，那絕對

不是歐洲人比我們窮，而是價值觀不同所致。台灣不重人文素養而喜歡向錢看的作風實在令人憂心忡忡。

前一陣子我去中山北路拍婚紗，店裡的小姐一直問我是做什麼的，我猶豫了很久才告訴她，我是空服員（不喜歡說是因為不喜歡人們用刻板印象將我歸類），結果她說：「真的看不出來耶，我打量了你很久⋯⋯」這下倒換我好奇了，是因

為我太老太醜太胖？結果她說：「因為你身上一個名牌都沒有，沒有名牌皮包、手錶之類的……。」真是讓人啼笑皆非。

之前日本有一個偶像劇《Good Luck》是關於飛行機組員的，大帥哥木村拓哉飾演一個副機師，其他還有機師堤真一、空服員黑木瞳等等，雖然卡司堅強，但顯然又是一部外行人編劇編的肥皂劇。我在日本看過一次，許多部分看起來都很荒誕，空服員的反應都很誇張，比如：飛機通過晴空亂流時，有空服員坐在座位上尖叫得比客人還大聲，旁邊的男座艙長居然還得用手把她的嘴矇住，難道這是中學生在搭雲霄飛車？另外有的空服員會搖頭晃腦、裝模作樣、面帶甜美笑容的說「請繫好安全帶」——我就不信飛機晃成那樣還有誰還笑得出來，並在一旁事不關己似的裝可愛；並且飛機一旦降落客人下機，機組員也會儘速下機，根本不可能像劇中演的，還在機上討論鬥嘴很久。另外，聽同事說剛開始那幾集木村拓哉開的飛機是雙引擎的767之類的飛機，但我看的那集分明是4引擎的飛機——這當然也是不太可能發生的，通常機師們操作的機種是固定的，哪有可能換來換去？這些偶像劇真是太不講究了。

令人又愛又怕的折扣機票
Discount Tickets - Love and Hate

前陣子啓程前往歐洲渡假之前，厚厚的一疊KLM荷航同業折扣機票雖然已經準備好了，但我仍是有點擔心。因為同業折扣機票是有空位就搭，不能訂位的，而正逢暑假，出國的人特別多，所以因為客滿而搭不上的風險就更大了。

大家一定很羨慕我們可以用比較優惠的價格買機票，雖然因此省了不少錢，但卻常給旅程添麻煩，叫人又愛又怕。不過緊張歸緊張，真正沒搭上飛機的經驗我也只有兩次，一次是日航巴黎飛東京，一次是法航香港飛巴黎。

兔子Miffy並不像Hello Kitty一樣是日本娃娃，很多人一定誤會了，它是荷蘭插畫家Dick Bruna的傑作，在荷蘭阿姆斯特丹Schipol機場等機位時，在機場小店買了印有Miffy的荷蘭木鞋鑰匙圈。

平常上班時用來裝圍裙的Miffy袋子是在東京買的；如果在東京成田機場有一堆時間可以在未過移民局之前上樓去咖啡店「Café Croissant」吃非常美味的Cheese Bagel，冰淇淋店的Gelato Angelo的冰淇淋依季節有口味的變換，如4月的櫻花口味或是秋天的栗子口味；如果已經過移民局的話可以去リフレッシュルーム洗澡，只要300日幣可以洗30鐘，包管你消除疲勞、通體舒暢。

　　那是95年10月，日航還用戴高樂機場第一航廈停機坪，地勤人員先收了我們的托運行李，然後要我們先通關去機門口等登機證，同一班機，拿優待票等補位的除了我和朋友兩個台灣人之外，還有6個日本人，我心急如焚的盯著地勤人員的動靜，後來6個日本人陸續拿到登機證了，有的是紅色的頭等艙，有的是藍色的商務艙，輪到我們時，地勤人員說，只剩一個位子了，你們自己決定誰要先回去，我瞄了一眼電腦，頭等艙還有5個空位，商務艙客滿，經濟艙：1，顯然我們沒有坐頭等艙的命。接著我

們的托運行李就迅速出現在眼前，我們也只好眼睜睜的看著飛機離開空橋。離開之前，好心的地勤小姐還告訴我隔天日航飛東京的班機還是相當滿，不如試試法航。我們落魄的拉著那龐大的行李通過移民局、海關，再一次入境法國，那是晚間10點多，空蕩蕩的機場裡沒有其他旅客，草草在過境旅館住了一夜，第二天擔了一上午的心之後，終於順利搭上法航往東京的班機，而且還坐到了商務艙。

　　另一次是98年5月跟同學秀梅一起搭法航由香港經巴黎到捷克布拉格，秀梅買的是一般機票，我

神采奕奕的到達機場等飛機，希望有好運氣。

的是10％同業折扣票，在香港舊啓德機場苦候數小時之後，因爲全部客滿的關係，我和其他3名同樣命運的旅客黯然離開機場，但秀梅已按計劃飛往目的地，所以隔天我終於搭上飛機歷盡千辛萬苦抵達捷克之後，還要演出布拉格尋友記……

　　相信你看到這兒一定一點都不羨慕折扣機票了，而我雖然有折扣機票的優惠，每次登機前仍是只能一邊心有餘悸，一邊祈禱老天幫忙了。

2～4小時之後還下落不明，已經快撐不下去了……沒信教的我開始祈禱，神啊請給我們登機證……

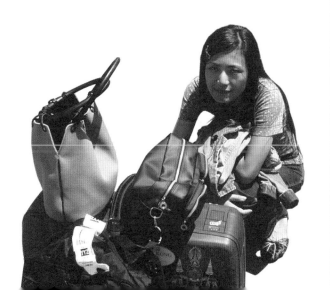

世足賽在空中
World Cup Fever in the Air

　　我不擅長任何運動，不過應該不算是運動白痴，其實小學時我還是短跑選手，身手還算敏捷，只是對體育活動沒興趣，尤其討厭場外鬧烘烘的聲音。

　　之前世界杯足球賽在日、韓開打，兩國選手都表現得可圈可點，因為我常飛日本的關係，受到周遭同事和媒體的影響，居然也有點關心球賽，至少知道誰打贏了。

　　最近有一次我在台北→大阪的飛機上跟兩位英國客人閒聊，我只是隨口問他們是不是專程到日本來看足球的，居然就是。聊著聊著，機上同事走過來告訴我最新消息——法國第三場比賽還是沒贏，已確定第一輪就被淘汰，沒想到這兩個英國佬高興得不得了，我問他們幹嘛這麼幸災樂禍，他們說：HISTORY（歷史因素）。

　　另一次是決賽期間，我飛下午4：30東

京→台北的班機，因為東京地區正下著大雨，氣溫只有16度，狂風暴雨有如颱風一般，而這架班機降落成田機場之前曾被閃電擊中，需要做相關檢查，因此臨時決定延遲一個半鐘頭才起飛。結果幾乎所有日籍空服員一聽到這個消息，都離開客艙到候機室去看轉播，因為那時候日本已打進16強，正在與土耳其對決，那對他們來說是歷史性的一仗。

因為已經過了偶像崇拜的年紀，所以大受歡迎的貝克漢一點都不吸引我的目光，但回想當年我剛考完大學聯考，每日在家無聊之際，其實也挺迷那時的世足賽，還剪了一大堆有關法國隊隊長普拉提尼的剪報。只是，時光悠悠，10多年前的普拉提尼怕是早就沒人記得了呢！

日本航空共襄盛舉，飛機機身彩繪上日本國家代表隊加油的圖樣。

國際化口味的飛機餐
Dining at 33000 Feet

　　談到飛機上的餐點，很多人都要皺眉頭，但說到是不是真的那麼難吃，其實取消不吃的客人倒也不是太多。我自己旅行搭飛機時雖然也不大吃，但平時上班在機上吃飯，卻經常把自己那份機內餐吃個精光，勞動過後特別飢餓，也管不了好不好吃了。

　　機內餐每兩個月換一次菜單，有時候倒真可以遇到稱得上好吃的餐點，尤其是敝公司台北→東京的商務艙雞肉餐，和東京→台北的商務艙牛肉餐，不管作法如何，一向都有一定的水準。

　　常有旅客要求把東西寄放在我們冰箱裏，其實機上只有烤箱或微波爐，並沒有冰箱，我們只是用乾冰來保持食物和飲料的低溫。機內餐也是由空廚調製好，一整批送上機的。我曾遇過一位客人，一上飛機就塞給我500元，用台語說：「小姐，給我炒一

盤麵來。」他誤以為他進了餐廳，而我們都
成了廚師。我也遇過堅持不吃飯的旅客，我
怕他們待會兒肚子餓，就勸他們多少吃一
點，他們算是被我說動了，便壯士斷腕般的問

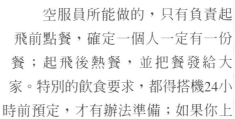

我：「好吧，牛肉的要多少錢？」

　　空服員所能做的，只有負責起
飛前點餐，確定一個人一定有一份
餐；起飛後熱餐，並把餐發給大
家。特別的飲食要求，都得搭機24小
時前預定，才有辦法準備；如果你上
了飛機之後才跟空服員要求要吃素、要吃兒童餐，除非那
天剛好有多一份，否則我們是一點都幫不上忙，餐太好吃
了，想吃兩份的當然也沒有。

　　一般經濟艙的餐，主菜通常有兩個選擇，我們會問乘
客：今天我們有牛肉和魚，請問您要哪一種？很奇怪，老
是有人回答雞肉或豬肉，反正就是我們沒有供應
的東西。也常有旅客因為想吃的餐被選完了，
而必需吃另一種餐而感到不高興。其實我們
也希望大家都選到自己想要的餐，皆大歡
喜；送餐的時候，眼看著同一種主菜一直出

東京→台北　*2002年5～6月商務艙牛排餐*

（開胃菜）
加了清燉肉湯凍的
茄汁青花菜，大黃
瓜拌牛舌

（凱撒沙拉）
萵苣、培根、義大利
巴馬乾酪（*Parmesan
cheese*）

大蒜麵包

*Chateau Pey de Pont*法國
波爾多地區，辛口紅酒

（主菜）
覆以薑、西洋芹和麵包粉等香料的普
羅旺斯風牛排，迷迭香洋芋以及奶油
時蔬

（前菜）
飾以魚子醬的干貝、鮮蝦、茄子凍，
可麗餅燻鮭魚卷，時蘿草、酸黃瓜配
芥末雞胸肉，蘋果鵝肝醬

甜點是紫芋泥和白豆沙做成菖蒲花型的和果子與椰果優酪奶油醬。

個不停，另一種卻沒人選，老實說我們也很著急。我有一個天才同事，有一天服務一群日本人，她一邊送餐還一邊實況報導：「……這位客人點了一份牛肉，好的，我這裡還有牛肉13份，雞肉14份，謝謝，下一位先生，請問您要吃什麼？」日本是那種很在乎別人認同的民族（這裡說的別人指的也是日本人，也就是他們自己的同胞。很多日本人出國就變了，他們可是不在意外國人眼光的），他們在自己同胞面前都得表現良好，所以那些人感受到選餐的壓力，沒有人敢大剌剌的選餐，幾乎是一份牛肉一份雞肉的點，大家都很有禮貌的選份數比較多的那一種。於是我的同事便一點問題都沒有，毫無受到抱怨，輕鬆送完全部的餐。

　　有一次，一對中年日本夫婦都選魚，但因為只剩一份魚，我們只好給他們一份魚、一份雞，並且道歉希望他們一起吃，結果他們堅持不要雞，把那份雞的主菜還給我們，並說沒有關係，吃吃餐盤上其他的東西就可以了。於是我們也沒多在意。一直到收餐的時候，去收餐的空服員才覺得有點奇怪，因為餐盤很重，所以後來她很好奇的打開那主菜的蓋子，才發現唯一那份魚料理，他們居然一口也沒吃，再去問他們，他們還是只說謝謝，餐很好吃。想

來想去，我覺得那跟日本大師導演黑澤明的電影一樣，有點玄。

也有下午兩三點的飛機，客人可憐兮兮的說，才剛吃過飯不餓，怎麼我們有正餐的服務？老實說，吃飯是搭飛機時的重頭戲，不送餐空服員要做什麼？沒有餐點服務的話，一班飛機可能只要上一半的空服員就夠了。甚至如果機上餐不夠每人一份的話，就算是飛機延誤起飛，也要等加餐的。

做這行久了，我習慣上機後看一下別家航空公司的機內雜誌和菜單，有些航空公司經濟艙並沒有菜單，只是廣播或口頭告知。泰國航空卻很特別，他們把餐點拍成彩色照片，由空服員拿給語言不通的客人看。

最近最讓我印象深刻的餐飲服務是荷蘭航空的City Hopper提供的。City Hopper是荷航專門飛幾個特定歐陸城市用的小螺旋槳機隊，有50人和70人座兩種。我搭的是阿姆斯特丹到德國斯圖佳特的航線，約需1個半小時的飛行時間，是那種你完全不期望有任何東西吃，國內線一般的航線。結果空服員倒先來鋪桌紙

只有生產於法國香檳區的氣泡酒才叫香檳（*champagne*），法國阿爾薩斯產的叫*cremant*，在德國叫*Sekt*，而在西班牙叫*cava*。大約7、8年前吧，有次一個同事在商務艙送登機飲料，氣泡酒或柳橙汁，她直接說香檳或柳橙汁，一般人也都懂，不會太在意，那天不巧剛好有兩個法國乘客，很不客氣的哈哈大笑說，那哪叫香檳。並不是每一家航空公司的經濟艙都供應氣泡酒，像我們公司就沒有，有一次一個經濟艙的客人跟我要香檳喝，我告訴他，我們並沒有供應香檳，他不太高興的問我，那隔壁的隔壁喝的是什麼？我看了一下，告訴他那是薑汁汽水（*ginger ale*）。薑汁汽水的瓶子是易開罐的鋁罐耶，錯認為瓶裝的香檳，實在也差太多了吧。

*KLM City Hopper*機內餐

超好吃的雞肉*tortilla*

這瓶來自西班牙的氣泡酒，瓶蓋並非真的軟木塞和鐵絲，而是塑膠製品。

（不是桌布，是一張彩色的廣告紙，介紹City Hopper提供西班牙風的食物），接著問你喝什麼飲料，並請你選擇一種三明治；用完正餐後沒多久還有小點心，連小點心都很精緻，是丹麥麵包和朝鮮薊佐香腸。氣泡酒也是一人一小瓶，餐後還會發巧克力，豐盛的程度令人驚訝。去程我只吃了一小盒朝鮮薊；從斯圖佳特回阿姆斯特丹時，機內餐則是起士三明治或雞肉墨西哥玉米捲餅（chicken tortilla）。我因爲不餓，本來並不打算吃，但Vitas對雞肉捲餅讚不絕口，且因爲我們在阿姆斯特丹機場過境要5個多小時，Vitas就建議我帶一個雞肉捲餅下機，等下一班飛機時吃。過境時Vitas很乖的找了個地方坐下來看書，我則忙著在機場裏探險，待我逛累了，買了一杯咖啡回去找Vitas，打算一起享用那個捲餅時，他卻一看到咖啡就開始道歉，說他看書有點無聊，而背包裡美味的捲餅是如何的呼喚他，他已經受不了誘惑把它給吃得一點都不剩……。我聽了哈哈大笑，當然相信那一定是一個十分美味的雞肉捲餅。

可別上了飛機你還不知道
Tips for Passengers

　　我一個人開車時通常會一邊聽廣播，一次正巧聽到飛碟電台的某節目主持人說他去紐約時買了一堆很棒的CD，回台灣時一上飛機就把CD拿出來，正想戴上耳機好好享受之際卻被空服員制止，他想請聽眾call-in進去告訴大家在機上什麼電子產品是可以用的，什麼是不可以用的。
結果有一位男性聽眾call-in進去說全部都不能用，而他是航空公司的地勤人員。
這答案未免也太籠統了，聽起來難以讓人心服，後來我停好車，廣播節目也告一段落了之後，我還是準備雞婆到底打電話去傳遞正確的資訊。

　　飛機起降時是最嚴格的，幾乎一切電子產品都

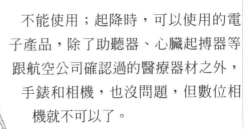

不能使用；起降時，可以使用的電
子產品，除了助聽器、心臟起搏器等
跟航空公司確認過的醫療器材之外，
手錶和相機，也沒問題，但數位相
機就不可以了。

　　至於飛機起降的定義，各家航
空公司可能略有不同，敝公司的
定義是這樣的──起飛：從登機
到安全帶燈號熄滅。降落：從
廣播請你關掉電氣用品（一般
是飛機降到10000英呎的高度
時）一直到離開飛機為止。

　　在飛機飛到巡行高度時（一
般是28000~41000英呎），發射電磁波
的電子產品還是不准使用的，像手機、
B.B. call、FM收音機、電視等等，除此之
外，其他的東西是可以使用的，所以要聽CD
player、要用數位相機、錄影機、手提電腦都是被
允許的。但也有部分航空公司規定較嚴格，把CD player和
手提電腦等都列入全程不可使用的物品之列。

飛機起飛前，會有地勤人員送平衡表給機長，平衡表沒到之前縱使全部客人登機完畢，機艙門還是不能關。

所有貨艙裡貨物的裝載與客艙裏旅客座位的配置都經過地勤人員專業的安排，必需顧慮到重心及平衡，飛機才能飛得安全、平穩及省油。有些旅客看到機上有空位就喜歡自行換位子，其實我們並不建議旅客這麼做，尤其是一群旅客的換區大遷移，很可能就會影響起飛時的載重平衡，是會造成危險的。

在飛機上，別人坐在位子上是身為旅客，有時候空服員坐在位子上卻是在上班。空服員有一種班叫「deadhead」，是不用做事，喬裝成客人坐在座位上吃、喝、睡的班。有可能是為了去別的基地開會、受訓等等，或者是去接飛別的班機，我們常常直接叫它「死頭」，「死頭」的人當然也要吃飯，機內餐也算他們一份。

電影《神鬼交鋒》（*Catch Me If You Can*）裡，李奧納多迪卡皮歐就常喬裝「死頭」的副駕駛去騙搭免費飛機。

有一次一個同事死頭時，自己帶了便當上飛機吃，居然被附近心胸狹窄的客人寫投訴信，說她的便當很難聞。有時候我「死頭」的時候也不想吃機內餐，只要時間夠，有地方買，我也自己帶東西上機吃，而我的心得是，一定

一般deadhead時，我們僅套上一件非制服的上衣就變身為客人，坐在位子上讓其他執勤的同事服務。有一次只我一人deadhead，在中正機場通關時正好遇上遠東航空公司的一整隊機組員，兩位男性機員走在我前面，其他組員都身著長大衣走在我後面，過X光檢查時那官員對沒穿大衣的我說，你們換制服了？雖然我那天死頭時打扮得色彩斑爛，但顯然還是端正有如一套制服。

得等空服員送餐，大家都在吃飯時，才可以把私人食物拿出來吃，這樣一來，大家都忙著吃飯，我才不會太唐突，且到處都充滿了食物的氣味，才不會被小器眼紅的客人說閒話。唉！當空服員真是有夠累。

其實，搭飛機時，愛帶多少東西上飛機吃，只要不是榴槤，干別人何事？五花八門抱怨各種事的客人越來越多，用意實在令人費解，而我們也只把他當成某種行為異常的奇人異事在同事間流傳而已。

　　另外，機師們當然也要吃飯，他們的食物放在紙盒裏由空服員加熱之後送進去，因為駕駛艙裏有許多精密儀器，隨便打翻什麼東西在上面，都會是不得了的大工程，所以飲料也一律加蓋子。機長和副機長不能吃一樣的東西，因為怕兩人同時發生食物中毒之類的意外。

　　除了以上跟安全有關的幾件事，冬天搭機飛越太平洋的旅客，可能會注意到回程跟去程所花的時間大不相同；這跟風向有關。由西往東飛是順風，而由東往西飛是逆風，所以台北飛溫哥華會比溫哥華飛台北少上兩個多鐘頭。同理台北飛東京，也會比東京飛台北少上一個鐘頭。

荷航City Hopper機隊的Fokker 50型飛機是我搭過最小的國際航線飛機，這可愛的50人座螺旋槳飛機的長度連波音747飛機的一半都不到。

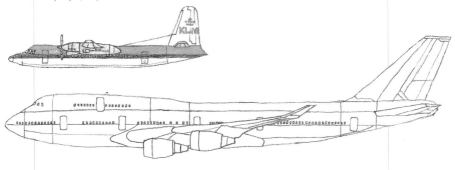

唉，空服員哪！
About Flight Attendants

　　那天去天母吃晚飯，順便去手機店買一個配件，店裡只有一對男女坐在櫃檯前選東西；男的英文說得很大聲，在天母說英文沒什麼稀奇，我也沒多瞧他們。結果那女孩居然叫我，是我一個常一起飛，屬於東京基地的同事，她為了正在交往的男朋友跑到台北來，並且決定買個手機以利聯絡。

　　在我身旁，「飄洋過海來看你」這種事司空見慣，包括我自己在內有這種經驗的同事兩隻手都數不完。也許是因為我們的工作較容易有異國戀情的機會，或者說，搭飛機比一般人容易些，所以說走就走，感覺既浪漫又滄桑。

　　每個人都喜歡美女，從小，別班的同學會讓我有印象的都是長得特別美的；漂亮的人讓我想走過去跟他們說說話。其實當空姐的也不是每一個都長得很漂亮，不過如果你是空姐，會發現漂亮的同事比例佔得很高；然後，漸漸

的還會發現有些長得漂亮的人通常也只是長得漂亮而已，他們能點綴環境，但是最好連口都不要開。在一個一大堆女人的環境中生存很麻煩，充滿了勾心鬥角和繪聲繪影的流言。

當了空服員之後，我對美女有了免疫力，只剩帥男還能吸引我。

不論國籍，通常人緣差的空服員都是差不多一樣的，因為我們的工作是team work，大家要合作，為大局與工作進度著想，不能太個人主義。像有的空服員為了討好客人，雖然經濟艙並沒有提供這項服務，她還是故意在經濟艙幫10多個客人掛外套；客人會覺得她很好、很體貼，但她其實耽誤了她應該做的工作。別的同事得去協助完成她的部分工作，跟她一起工作的同事當然會對她有微辭，但她得到10多張稱讚她說她很好的旅客意見表，就成了唯一的功臣，閃亮的明星，大家還要在

搭飛機時買的空服員芭比，荷航的芭比附有行李箱，日航芭比行頭超多，連餐車、咖啡壺杯、圍裙、皮包都有。

開簡報會議時給她拍手。

每次我們上機前通過X光檢查時，都得把我們用來拉隨身行李的小推車的伸縮手把壓短以節省空間，避免過X光檢查檯時卡到機器或別的行李，而這樣拉上拉下、伸伸縮縮，使用久了常會故障。有一次我等一位同事勉強修好她的推車才一起走，她說不想買新的，因為買新的好像表示自己還打算飛很久的樣子。我給她看我行李車的手把，也是有一邊鬆掉了，我都把它壓回去，將就著用，不敢太用力拉，當然也沒打算買新的。

很少人一開始就打算在這個行業待很久，待很久的人也許也還在做著自己可能不會再待多久的夢，雖然很有可能除了這個工作以外，她們其實什麼都不會，而且人生乏善可陳。

還想當空服員嗎？
Do You Still Want to be a Flight Attendant?

　　常有人知道我一向飛的航線都不太長，就說我工作輕鬆、航線短，至少沒時差；這一聽就知道，十足的外行人。

　　回想一下你的搭機經驗吧，上飛機之後，空服員通常會先來發報紙、毛毯、枕頭、入境卡，起飛之後發濕毛巾，然後推一趟飲料車，再應付一些只喝一杯無法滿足的人，再來送餐、送酒，餐後還得供應茶或咖啡；收餐前再問一次熱飲的續杯，忙完餐飲服務之後，還要推免稅品車出來賣東西……

　　這一整套服務，12小時飛歐美的航班一般只做兩次，頂多加送一次泡麵，6個小時的航線則做一套半，但我飛2到4小時的航線也一樣要完整做完。而且呢，我通常是4天連飛6趟，甚至5天連飛8趟，飛得暈頭轉向，才終於下班。還羨慕空服員嗎？歡迎體力好、刻苦耐勞者前來挑

戰。

　　再則，出國旅遊越來越普及，可能這年頭大家壓力又特別大，隨著出國人數增多，飛機上出現異常行為的客人也越來越多。我所聽過的，就有：不明所以攻擊鄰座旅客；故意脫下一隻鞋並把它藏在廚房嚇人（此女用高跟涼鞋的所有者居然還是一位男士）；還有臉頰腫起的旅客硬說他吃了機內餐之後，口腔內就長出十元硬幣大的血泡，以致臉頰腫起，並且逢人就展示長了血泡的口腔……。另外，也常常有自己跑去商務艙挑個空位，就自己坐下來，自己給自己升等的客人。那當然是一下就會被糾出來的，因為商務艙的服務是「by name」，用名字來稱呼每個客人，而不只是先生、小姐；哪個座位是誰的寫得清清楚楚，多出來的「無名氏」一下子就現形了。其他還有經過商務艙就順手牽羊偷一雙拖鞋的，或是自己自動把外套掛在商務艙衣櫃的，不勝枚舉。（這裡也順帶提一下，如果你在飛機上，想找也在機上的某某客人，問我們他坐哪裡？如果是商務艙的話，當然一下子就可以找出來，經濟艙就無能為力了。經濟艙座位表只知道哪個座位有人坐，並沒有名字，而除非是嬰兒隨行或訂特別餐等特殊旅客，否則座位表上不會有一般旅客的座位號碼。）

每天林林總總各式各樣的客人，終於有人搭機太relax到自己都覺得太過分，反而向我打聽，我們空服員是不是會在他的飲料裏吐口水——那你就真的是想太多大可放心了，我所能做的只是祈禱飛機快點降落，讓這幫「ㄠˋ客」趕快下機。

之前SARS的傳染十分嚴重，連部分移民局關員都戴著口罩，但空服員卻不能自我判斷，要等公司下令；後來又遇上美伊開打、恐怖分子攻擊，這工作危險性是越來越高了，誰還能說空服員是光鮮亮麗又輕鬆的行業？

看過打開檢修的飛機引擎嗎？我居然覺得有點像菊花。

國家圖書館出版品預行編目資料

空姐飛行不思議╱施吟宜著.-- 初版--
臺北市：大塊文化，2003 [民 92]
面： 公分.--(Catch : 65)

ISBN 986-7600-23-1 (平裝)

855 92021035

LOCUS

LOCUS

LOCUS

LOCUS